ALLEN GINSBERG
Collected Poems 1947-1997

金斯堡诗全集
——（下）——

惠 明 译

人民文学出版社
PEOPLE'S LITERATURE PUBLISHING HOUSE

目录

白色尸衣（1980—1985）

阳台上潦草数笔　_7
工业波浪　_11
两棵树　_17
效忠瓦吉拉查尔亚　_18
我冥想的原因　_19
陈年情事　_21
飞机蓝调　_24
摇滚版冥思指南　_28
大鱼被小鱼吃个精光　_31
正在发生？　_36
一首公众诗歌　_37
"你在干什么？"　_39
成熟　_41
"把语法糟糕没有教养的胆小鬼记者们扔出去"　_42
步入死者之地　_43
易怒的呆瓜　_45
坐禅之思 II　_46

什么？大海在弗利辛恩呕吐　_49

我不是　_50

我是艾伦·金斯堡的囚徒　_51

落基山佛法中心的二百二十一个音节　_53

和幽灵战斗，和幽灵战斗　_54

争论　_56

周日祷告　_57

糙米四行诗　_58

他们都是我想象中栖居的幽灵　_59

白色尸衣　_61

帝国的空气　_68

突发奇想　_70

学生的爱　_71

问题　_72

在我纽约的厨房　_74

这一切如此短暂　_77

我如此爱着老惠特曼　_78

W.C.威廉姆斯入我梦写下此诗　_79

有天清晨我在中国散步　_82

读白居易　_84

黑色尸衣　_91

预言　_94

追忆亲人　_95

道德多数派　_97

客人　_99

安提帕特之后 _103

对太阳草率下结论 _104

凯迪拉克粗粝的尖嚎 _109

我不知道的事情 _111

四海问候（1986—1992）

序言：北京即兴 _117

开场白：拜访父亲与友人 _120

带领世界寻找美丽反对政府 _123

苦工 _125

货币周转率 _126

括约肌 _127

消除愤怒 _128

梦中伦敦的一扇扇门 _129

全世界的问候 _132

第五国际 _134

欧洲，谁知道呢？ _135

抽搐的定格 _137

对 K.S. 的模仿 _139

我去看了场名为生活的电影 _140

那光显现的时候 _145

在持明上师邱阳·创巴的火葬仪式上 _146

七尾 _149

征友启示 _150

《宣言》 _151

致雅各布·拉比诺维茨 _152

地球祖母之歌 _154

向费尔南多·佩索阿致敬 _156

1988年5月的日子 _159

美国档案柜中的数字（死亡等待被执行） _164

五月之王的回归 _167

禅室中的大象 _168

以一条咬住自己尾巴的蛇的形式呈现的诗 _171

错误的说明 _181

中情局贩毒小曲 _182

国家安全局贩毒小曲 _185

快快同意小曲 _188

谁炸的！ _190

祈愿持明上师邱阳·创巴仁波切活佛转世 _196

大游行之后 _198

大吃特吃 _199

还未死 _200

犹太脑 _201

约翰 _202

有个小偷偷走了这首诗 _204

午餐时间 _205

拉隆之后 _206

明白了？ _211

天使般的黑洞 _212

调查 _213

放下你的破烟卷（别抽了） _215

暴力合作 _220

平静而紧张的竞选承诺 _222

现在到永远 _223

谁吃谁？ _224

埋葬之地 _225

每日如此 _229

游乐屋古董店 _230

新闻只是新闻 _232

秋天的落叶 _233

在茅坑里 _234

美国的句子 _235

死亡与名望（1993—1997）

前言 _241

新民主愿望清单 _243

愿波斯尼亚——黑塞哥维那获得和平 _246

聚会过后 _248

奥拉夫·H·豪格之后 _249

在这活明白了的年纪 _251

来啊西方文明的猪猡们再多吃一些油脂 _252

我们就这么围着桑树丛转圈 _255

星期二早晨 _256

上帝 _259

啊，战争 _261

排泄物 _262

奇异恩典的新韵脚 _264

城市点亮城市 _265

纽特·金里奇向"麦戈文式的反主流文化"宣战 _267

柔和的句子（节选） _269

意义是 _273

骷髅们的歌谣 _275

你明白我什么意思吧？ _281

肚肠之歌 _282

流行曲调 _284

凌晨五点 _286

力量 _288

愤怒 _289

多重身份问卷调查 _290

别生我的气 _292

天鹅在当下歌唱 _294

消逝消逝消逝 _295

恐怖之雨何时休 _298

传递讯息 _300

不！不！这不是结局 _302

烂诗 _305

流浪汉的怨言 _306

罗伯特，琼，新年快乐 _307

银铃声声 _309

假如可以无法无天的蓝调 _311

卫生筷 _312

福气 _313

有些小男孩不 _314

自慰 _315

智囊团韵律 _317

洗衣机之歌 _319

世界银行蓝调 _320

理查三世 _323

死亡和名望 _324

性虐待 _328

蝴蝶头脑 _329

有个叫史蒂文的家伙 _330

半梦半醒 _331

客观主题 _332

凯鲁亚克 _333

患肝炎的身体很痒…… _334

惠特曼式狂躁诗歌 _335

美国句子 1995—1997 _336

玛蕾妮的逍遥骑士变奏 _339

天空的词语 _341

大粪逻辑一览 _343

我的队伍火辣辣 _345

星光谣 _346

三十州懒汉歌　_347

我的鼻血流出来，你的鼻血流出来　_351

蒂米弄了杯热牛奶　_352

这种类型的肝炎将给你带来　_353

驾，驾，驾　_354

打开暖气，拉把椅子　_355

波士班　_356

梦　_357

以后再也不会做的事（乡愁）　_358

后记　_361

白色尸衣

(1980—1985)

老情人们也没有
完全被时光所抛弃——
坟墓压着坟墓,
他们因此心满意足——

献给

伊迪丝·金斯堡

(1894—1956)

阳台上潦草数笔

这里比客厅更加芬芳与炎热——
风令那响尾蛇一般的芦苇沙沙作响。
你昨夜可曾目睹英仙座的流星雨?

***

熨斗形山一片明亮,太阳的光芒
降至云端,降至摇晃不停的棕色屋顶
树枝婆娑,
将车顶照得光亮无比,但我睡意渐浓——

***

我向往那座梅普尔顿的砖房,
它正待售,挂着"摩尔地产"的牌子——
但价格太高,
我昏昏欲睡,无力拿起电话听筒。

***

白云从世界末日中飘起——
面对人口爆炸,我们可有足够多的房子?

咱们给盖里打个电话,看看他有什么办法。

1980 年 7 月 11 日

那棵树比楼房还要高耸
像一条狗被长毛盖住了嘴巴——
长长的绿豆荚挂在它的枝杈

***

这不是云,这是一只灰底的巨鲸飘过
熨斗形的山巅,这是蘑菇,这是船堡,这是
一座充满了阳光与海岸的峰峦——
这是重重的迷雾。

***

看呵,那天上的云,
顷刻间将它们的影子投下
在那梅普尔顿街
正在房前浇草坪的赫斯特太太身上。

***

仲夏,枫树的绿叶欣欣向荣
前院,花儿雪般洁白——

因为这一切太过美丽!
以至于悲伤,眼睁睁地看着那季节到达它的顶峰——

***

浇浇草地吧,天气太热了——
街上有孩童嬉闹,汽车音响隐隐传来迪斯科
灰云遮蔽璀璨的阳光
我也曾年轻过,曾经困惑
就像那个走过马路的
光着膀子的小姑娘。

***

我在这儿坐着,翘着二郎腿
听着远方的救护车那北美夜鹰一样的啸叫,
小树上柔弱的叶子受到了惊吓猛然颤抖,
雨滴越来越浓密,那臭氧的味道
钻进门廊的空气里。

***

人人都喜欢雨,除了那些正好穿着西服的,
鸟儿鸣唱,树叶激动地颤抖,带着电味儿的气息
穿过城市蒸腾而起,飘向阳台上的观雨者——

1980 年 8 月 2 日

费城可有位生物学家用斧头砍死了他的女儿
并把她的身体在后备箱里藏了整整一年?
不知那个在人行道边玩着他的飞盘的
半裸的红头发男孩有何感想?

1980年8月3日,博尔德

工业波浪

新右派的狂热是法西斯的恐怖
向旗帜敬礼,紧跟爹妈的脚步
黑鬼们去吃屎,做奴隶纯属自找
坟头越多赚越多,自由市场真好。

自由属于吸干穷人血汗的富翁
自由属于在马粪堆里囤积居奇的大亨
自由属于秘密警察和枪杆子
自由属于恃强凌弱者!激进的修女去死!

自由地收买法官!自由属于黑帮!
自由属于军队!"逆我者亡。"
千百万人自由地挨饿,是不是很赞?
自由属于散发辐射的中子弹!

自由属于战争!为和平而战!万岁!
"政府少管闲事"——除了军队!
自由属于把毒虫扔进大牢的缉毒警官!
自由地去惩罚任何病态行为,人人弹冠!

自由地逮捕和大麻有关的你,随随意意
自由地揍你打你扁你,只要你膝盖着地
自由属于死刑判决,无从废禁!
自由地监听你的电话,拆你的信。

自由属于科萨·诺斯特拉的黄色杂志
自由地让你的诗集从中学图书馆里消失
自由地取消耳聋寡妇的福利票子
自由地登记每个人身上穿的裤子。

自由属于国家警察手中的高科技！
人人都有身份证了吧？松口气！
自由属于吃光扒净的巨型企业
自由属于埃克森石油，检验你的尿液！

自由属于威廉·巴克利的节目
自由属于买下电视台的美孚
自由地左右新闻频道
自由属于逼你穿鞋的钞票

自由地把尼加拉瓜的自由抛弃
自由地强迫他们执行计划经济！
自由属于哥斯达黎加，任我们的军队在头上拉屎
自由属于洪都拉斯，自由的海军陆战队，自由的游击战士！

自由的印度尼西亚五十万生灵涂炭
自由的南非熔铸金块银砖
自由属于奴役她黑肤公民的南非
自由属于韩国政坛的庸腐败类

自由属于逮谁灭谁的美利坚
阿连德，卢蒙巴，再见，再见！
自由地丑化马丁·路·德金，这小人无赖
自由地忘记欠下印度支那的累累血债！

自由地铁血，自由地称霸
自由地成为核武老大！
自由地让3K党自由地杀戮
如果是白人陪审团，没准儿你脱身有术。

自由地工作不用工会收编
自由地倾听总统谎话连篇
自由地在秘密档案添上您的大名
自由地在这段日子与暴民并肩同行。

自由从哪来？政府法规里来！
自由地被禁止堕胎！
自由属于享受通胀的老家伙们
自由地撼动智力的国家命门！

自由地抛弃拉丁民族的人权
驱除约翰·列侬，因为他的政治观点
自由地禁止天才进入我们的国家
再抽个大嘴巴，向着诺贝尔奖小说家。

自由属于光天化日下隐秘战争的污秽
自由属于斩断你膝盖骨的敢死队
自由地把鸡奸者投进监狱
自由地切断同性恋和精液之间的乐趣。

自由地被集中，死于行刑队或毒气间
自由地被禁止抽大麻烟
自由地喝酒直到你开始双手颤栗
自由地永远不能使用LSD。

白色尸衣（1980—1985）

自由地抽烟直到犹他癌到你身上
自由地勒索脱衣舞女郎
自由地禁止仙人掌迷幻的功效
自由地在电视上阉割《嚎叫》。

自由地耕作,如果你是大银行
自由地破产穷得叮当响
如果你是种植大麻的小农户
自由也属于你,自由地被猛揍和逮捕。

自由地让世界上最老的树轰然倒地
自由地迫使印第安人双膝跪地
再让他们拜你的神,服从你的FBI
自由也属于你,不怕死的抗议尽管来。

自由地迫害地下出版
再谋害麦尔坎·X,如果这算英明决断
自由地去刺杀,监狱与你无缘
如果CIA罩着你,完美万全。

自由地把催泪喷雾喷到小男孩的脸上
如果你是防暴部队,他的种族不合你口味
自由地毙了他,假如他不服
他只有十二岁,你刚刚入伍。

自由地贿赂日本,如果你是洛克希德军火
监狱与你无缘,除了抽大麻被捉
自由地收买伊朗,只要你想
目前可能不行,至少曾经这样。

自由地在智利挑起罢工
再向国会撒谎，如果你是ITT的老总
自由地暗杀民选总统
往事如此，如果你是CIA的特工。

自由地做一个小小的伪证——
如果你叫理查德·海姆斯，他们就一只眼闭一只眼睁
交个罚款再摇身一变，坐上伊朗大使的交椅
大使阁下，他们会持续这么喊你。

自由地贩毒
如果你是CIA，缉毒警更是金枪不入
伊朗国王的妹妹，政法系统的线人——
但如果你叫阿比·霍夫曼，可要留神。

自由地在报纸上宣告一切
他们有啥印啥，怎么顺怎么写
公众可以自由地不懂你扯什么淡
但广告能自由地撑满整整一版

如果你是美孚，你是陶氏，或是哪个有钱的混蛋
去社论对页版买个歌颂你的专栏
如果你和洛克菲勒一样有钱，你可以光着屁股吸着亚硝酸盐死掉
报纸绝对不会对此大呼小叫。

如果你是AT&T，自由属于你
你的旗帜高高飘扬在这自由之地
新闻评论的末页属于你

谁疼美国？对她最好？你。

如果哪个得州的阔佬给了你一百万
你可以上电视，把时段买断
自由地闭上嘴，如果你是好口才的穷鬼
自由地在警察局门外遛腿。

你可以自由地谴责任何一个左派，赶快！
再求得道德的钞票，让上帝心情更好！
自由地袭击制片人，火冒三丈
自由地坐牢，末页会找你算账。

自由地成为说了算的少数，自由地"严肃"
那自由相当于：
事实上你会自由地赞成更多的冷战——
草民和鼠辈就可自由地让痛苦泛滥。

1981 年 3 月

两棵树

一棵树说
我不喜欢下面的那辆白色汽车,
它一身汽油味
另一棵树在一旁说
啊,你总在抱怨
你是个神经过敏的家伙
你自己也清楚顺便说一句你的腰弯了。

1981年7月6日,晚8点

效忠瓦吉拉查尔亚[1]

看那武士鞠躬行礼,还有箭头,毛笔,茶杯
与皇帝的扇子在手中平衡地托起
——来一杯水怎么样?
握着我那玩意儿撒尿,大西洋汹涌澎湃。
坐下吃饭,太阳和月亮盈满我的杯碟。

1981 年 7 月 8 日

---

[1] 尼泊尔尼瓦尔人密宗祭司,是尼瓦尔种姓中最高级别。

我冥想的原因

我打坐，因为达达主义者在镜子街① 上尖叫

我打坐，因为超现实主义者吃下愤怒的枕头

我打坐，因为意象主义者在卢瑟福德与曼哈顿平静地呼吸

我打坐，因为两千四百个年头

我在美国打坐，因为佛陀在蓝毗尼② 看到了一具尸体

我打坐，因为雅皮士曾经在芝加哥催泪瓦斯的天空下③ 啸叫

我打坐，因为没有原因

我打坐，因为我无法追寻未出生的④ 回到他们的子宫

我打坐，因为这很舒服

我打坐，因为我不打坐我就会发脾气

我打坐，因为他们让我这样做

我打坐，因为我在漫画版里看到过

我打坐，因为我有过幻象在舌头上滴过 LSD

我打坐，因为我不知道要去做什么才能像彼得·奥尔洛夫斯基一样

我打坐，因为卢那察尔斯基已被开除而斯大林给了日丹诺夫一处特别的网球场我无依无靠四海为家⑤

---

① 达达主义诞生于苏黎世城的镜子街1号。
② 位于尼泊尔境内的佛教圣地。
③ 1968年民主党大会时的警察暴乱。
④ 佛教暗喻，天地万物和知觉都是"未出生的"，也就无法追寻任何终极的出生地、源头或原因。
⑤ 斯大林主义者对犹太人的称呼。

我打坐，就在那旧我的壳中
我打坐，为了世界革命

1981 年 7 月 19 日

陈年情事

有些人认为同性之爱在这世界是扭曲，是凄凉，
是品质堕落，正经人看不上
或是为了可爱小伙疼痛的胸口与哭泣的眼
于是你的嘴无权说出人间的箴言
也不再有手去完成男人理应完成的圆满
也不再有心去伺候老太太一整天的笑脸
也不再有臂弯去温暖姑娘们对爱的梦幻
也不再有大腿去满足大腿，不再有呼吸得到他者的
称赞——
但往回想想，在我们赫赫文明的第一页
吉尔伽美什会跟随着挚友恩奇杜的影子
在灵薄狱的尘与土间哥儿俩情语深深
年轻的大卫迷上了年轻的乔纳森
那些歌曲如今的男男女女仍在吟唱
年复一年，棕榈树下或盈盈绿草上
这爱的诉状被圣经书页庄严宣告
千年的冰冷忧愁被温暖，因那心之火熊熊燃烧。
阿喀琉斯曾经赢得过特洛伊战争
却为死去的同伴帕特洛克罗斯痛哭失声
（有个国家曾用希腊人的智慧赢得了世界
又在监禁了亲吻侍者的王尔德之后失去一切）
无所不能的宙斯将闪电造成雄鹰的形状
年轻的伽倪墨得斯享受着上帝厚翼的强暴
永葆青春，尽可能长久，
为胡须满脸的神送上美酒

全世界都知晓，却摆出敬畏的笑面
不朽者的律法，也能射出爱的闪电
苏格拉底顺着爱的角度，拾级而上
脚无声地踏在强壮的阿尔西比亚德斯身上
智者仍在读柏拉图，无论什么姓名
柏拉图爱侣何人，阿斯特尔是他的晨星
柏拉图爱侣何人，逝者云云点缀他的夜
雪莱也曾目睹永恒之光肆意倾泻。
卡图卢斯和男子汉贺拉斯曾是玩乐青年的奴隶
爱过了，诅咒过了，最后总是中了爱的计
征服了世界，权倾四方的恺撒
也要拉个士兵在柔软的胸膛休息下
连耶稣基督也最心疼他年轻的约翰
再把自己赤条条的圣体展示给他看
古代罗马有偏爱年轻酮体的风气
安提诺乌斯和哈德良敬仰这帝国的真理
平静地讲述凝望着他矗立在梵蒂冈
数以百计无花果叶盖着私处的雕像。
米开朗基罗年轻的手温柔地抚摸起
属于他的酒神那年仅十六岁的肚皮
是谁的阴茎醉醺醺地直立，谁的眼睛凝视着身旁——
看过去，他右手抬过肩膀
舞弄着一杯葡萄，旁边的美男，鼻子英挺
双唇鲜嫩，微微张开
等这送进来赤裸的紫汁吸吮，
品尝米开朗基罗胡须浓密的亲吻，
假如此刻满身兽毛的淫人萨提尔看到
定会扑上那白色大理石般的屁股拜倒。
米开朗基罗爱他！年轻的种马
赤条条地站着没有衣裤，说不定他

躺在床上也对创造者言听计从
脑袋在雕塑家的手心一动不动
那手感知着他的肌肉，深深入骨
掌心摩挲着他的后背与大腿，触摸他柔软的硬处——
奴隶来自于捆绑在他床上的何等男子？
是谁为了大卫像赤裸裸地站立，从头顶到脚趾？
可男人对大卫的腹肌欣赏有加
他们带着女人一次次地来看他。

差不多了，一夜没睡都因这些男孩
这辈子把他们的英姿快乐享用心怀
同伴们相伴左右我迎来了这个黎明
我已疲惫，是该把耕笔暂停
读者也好，听者也罢，这道理现在你该明白
一个男人能爱另一个男人，这是何等的仁爱，
陈年之爱走到现在，也有一样的未来
听吧，读吧，没有羞耻的爱是多么清白。

我想要人们明白！他们可以！可以！可以！
就请打开你的耳朵，听听这古典乐团低语。

1981 年 10 月 26 日

飞机蓝调

我驾车驶向机场
天晴似碧波
棕雾浸染丹佛
地平线粪一般灰色
低头俯瞰密苏里
大河向南蜿蜒
达科他晴空万里
嘴里有根香烟

我有过许多爱人
在这半个世纪
我交了个新男朋友
十九岁,他爱我
但我无法勃起
过于胆小,害羞
在我的天堂中渐渐老去
布鲁斯的歌声直达天际

这里没什么可抱怨
白云在阳光下
平静在我心里
晴空人人共有
但我俯瞰的大地
悲苦占据

战争工业养肥
绿色的钞票

人类的痴心妄想
红色暴虐将天空擦过
用原子制造炸弹
为将此页的文字爆破
雄伟的监狱
囚禁着我们的快乐
心中满满的敌意
比我过的日子还多

* * *

我的母亲命归黄泉
我的父亲去世多年
我有个好哥哥
脑中痛苦慢慢不见
我要去大苹果
和朋友一起吃饭
收音机正喋喋不休
总统打着哪些算盘

沿着密西西比
明尼阿波利斯在眼前
农庄与绿野之美
北半球的慰藉

此时地球的数十亿
正咀嚼悲惨的胶泥
悠久的非洲王国
饿过了整个世纪

报纸里我读到
伊朗总在死人
耶和华统治以色列
阿富汗的坦克
戒严令下的格但斯克
和熟悉的越战
谋杀危地马拉的印第安
把萨尔瓦多烧个稀烂

伦敦与贝尔法斯特
洛杉矶和布拉格
特拉维夫，莫斯科
烟尘中静默
金边的红色废墟
是华盛顿的骄傲

我独自在空中
这里了无牵挂
太阳并非永恒
所以它周围有蓝色
雄伟的监狱
囚禁着我们的快乐
心中满满的敌意
比我过的日子还多

***

日落中转向
面对曼哈顿岛
我的家乡纽瓦克
在机翼下缓缓而过
卡尼绿色的油罐
棕雾萦绕天空
黑与白的七百万人
生活于此,死于其中

前面是哈林区
红色房屋片片伫立
玻璃窗泛起黄昏之光
垃圾场里轮胎堆积
天空中喷气机的条纹
黑云翻滚,向西而去
飘向我即将休息的
下东区

1981 年 10 月 30 日

摇滚版冥思指南

曲调:我与达摩一战,达摩大获全胜

如果你想要掌握 走进冥思的钥匙
此时此刻我教你 永远也不算太迟
一点一滴很容易 我已不能等下去
冥思充满了乐趣 去做永不算太迟
无论你是和我 一样的老骗子
或着你是喇嘛 生活在不朽里
首先请你记住 在你冥思时刻
直直挺起腰板 脊椎应当挺直
你可席地而坐 在地板的软垫
也可使用凳子 假如并无地板
冥思吧,冥思吧
学习一点点的耐心,一点点的慷慨

顺呼吸之自然而出 张开双眼
静静稳坐 不要起身,保持慧根
顺呼吸之自然而安 鼻子呼气
顺着它 让它向前推进
顺呼吸之自然 但不要苦思不动
那些关于你的死亡的念头 在老西贡
顺呼吸之自然 等着念相慢慢浮现
无论那为何事磅礴惊喜近在眼前

冥思吧,冥思吧
学习掌握一点点的耐心,一点点的慷慨

慷慨，慷慨，慷慨，还是慷慨

其实简单至极 一切在于摹拟
就这么坐着冥思 你，永不太迟
当思想浮现 你的呼吸不会停止
就把所想忘却 什么唐叔叔 ①
劳来哈台唐叔叔 查理卓别林唐叔叔
没有必要丢下 你的原子弹
幻象真真假假 你问候，告别
大可装聋作哑 双目空空如也
如果你想要屠杀 你可经由心智
那也会渐渐消逝 借着西风之势

冥思吧，冥思吧
学习一点点的耐心，一点点的慷慨

如你目睹屠杀 在红色长车里
或是看到飞碟 请你继续安坐
如你沾沾喜乐 不要走神着急
亲你老婆一个 当你轮胎没气
你已无法思考 不知与谁联系
永远不算太迟 放下一切努力
冥思吧 顺呼吸之自然
你的身心才能 集中，平缓

冥思吧，冥思吧
学习一点点的耐心，一点点的慷慨

---

① 1930年代美国电台节目中以父亲形象出现的故事讲述者。

如你打坐一个小时 或一天一分钟的冥思
你能对超级大国说 请保持坐姿
你能对超级大国说 去静静观止
停下，冥思 因为永不算太迟

冥思吧，冥思吧
集中你的精神，获得巨大的能量
与慷慨，慷慨，慷慨，还是慷慨！

1981年圣诞，圣马克广场

大鱼被小鱼吃个精光

部队的大兵
把屎拉净
在布拉格堡
如何炸掉
桑迪诺解放阵线
尼加拉瓜左翼
或者轰平
危地马拉人
与印第安人

造炸弹
给老老少少
把村庄的
快乐消灭掉
抢劫
或烧成
灰焦
猪拱槽的
小茅屋

这花费不小
用纳税人的钱包
为红色恐怖
走进了迷途

伪善
是这
自取灭亡的预言
之核

吉尼亚·叶夫图申科
欧内斯托·卡得奈尔
艾伦·金斯堡
摇滚乐
多愁善感
值得信赖
充满诗意
一语成谶
所以请那些
华盛顿
和哈瓦那的先生们
放松
并深思
那把
架在尼加拉瓜
脖子上的斧头
是战争狂热
铸下的大错

进退两难
蒙蔽我们双眼
为这
自我满足的预言——
如果你自愿
失去眼睛

失去耳朵
在恐惧中暴怒

伪善
是这
自取灭亡的预言
之核

你能猜到
马克思主义者的凶兆
来自那
自我满足的
预言
如果你自愿
承认
威胁入侵
一个国家
将使他们
拉响警报
准备枪炮
抵抗
上下动员
他们必将
回击
就是这样——
然后谴责他们
拿起枪的男人
却不去平息
他们的恐惧
荒唐至极

我的天啊!

伪善
是这
自取灭亡的预言
之核

美利坚合众国
你是最大个儿的
超级混蛋
你的大棒
和大嘴
贯穿南北
制造恐惧——
身边的敌人
远处的敌人
走到哪里
口中都是军队
把人送上战场

你就是个酷儿
坚船利炮
浮浮漂漂
弥天大谎
必不可少
有他们引证
在马那瓜
在圣地亚哥
在布利诺斯艾利斯
与哈瓦那

继续威吓
战争的恐惧吧
中美洲
将会
团结一起
拿起武器
划出
一道防线,

这是基本常识。
之后就有抱怨
对于他们
策划中的抵抗
这是五角大楼的
心腹之患——
华盛顿疯了,
我靠。

伪善
是这
自取灭亡的预言
之核——
如果你自愿
失去眼睛
失去耳朵
在恐惧中暴怒。

马那瓜,洲际酒店的酒吧
1982年1月25日,晚11点

正在发生？

正在发生？地球的终结？世界末日？
总统叫着"哈米吉多顿①！"
两千五百四十亿的军费预算！
凌晨五点的地铁离开了时代广场
装满一车身着大礼服的杀人犯与尸体，
头戴耳机听着机械迪斯科，沉迷在随身听
那耳聋的无穷宇宙中，这一切正在发生
当我在贝艾尔市的聚会里喝着沛绿雅矿泉水时
中子弹神经细菌弹，果蝇重组体
细胞质，平流层 X 射线激光器
反导弹射线，隐形巡航洲际导弹与潘兴导弹
我在十年前梦到我站在南得州的十字路口
从哪个城市走出来的，我已记不清
和墨水一样的黑云覆盖了大半个天空
坦克与轰炸机向着地平线的远方开进

1982 年 2 月 7 日

---

① 《圣经》中大决战的发生地。

一首公众诗歌

美国人天生就是娘娘腔
流落到新世界,将印第安人痛揍,
现在我们得让皮博迪煤炭公司把他们的
四角之地①
带走!
我们在日本的头上引爆原子弹是多么的娘娘腔啊!

我本人就是一位著名的娘娘腔,彼此彼此
众所周知国务卿某某某是个谨小慎微的娘娘腔
把他的镍币送给屠杀印第安人的危地马拉审议会
吓得要命不敢去直视萨尔瓦多的敢死队
喊着小小的尼加拉瓜对于营养不良的墨西哥是一个重大的威胁!
某某某总统是最夸张的娘娘腔
好莱坞是娘娘腔
柏克德公司是娘娘腔
这个娘娘腔给了五角大楼的恶霸两千亿美元
担心如果自己不让将军们把他的钱全部霸占就会被那些家伙臭揍一顿
美国公众全是一帮娘娘腔
害怕如果他们不让国防部把自己口袋掏光的话
五角大楼的肌肉男和中央情报局的硬汉将会

---

① 美国西南方的一块区域,是犹他州、科罗拉多州、新墨西哥州和亚利桑那州的交界处。

把国会和最高法院揍扁
一举拿下整个西方的版图。

1982年4月6日,下午2点

"你在干什么?"

"没什么正经事
挖挖鼻孔什么的……"
我回答道,在那洛巴的走廊里
尴尬无比,
那研究梵文的教授向我致意
美国人通常并不会这么做——
他一定以为我的天才,
凝聚在我食指尖
红色的大脓包上——
但我承受着铃声那麻醉的苦痛
我的下眼睑已轻微地麻痹
不久就将把眼泪传进
我的鼻孔
我的鼻子里如此的干燥
皲裂,五年以来
无论何时
我举起手帕擦脸
红色的污渍都会弄脏
洁白的棉布,令我蒙羞。
当我和我弯曲的脊柱与藤杖一起散步
我的鼻子可会因黑血与溃疡
结出硬块?泪珠
滚下我的面颊
一根枯瘦的小指挖弄着
那昨夜又厚密了许多的

深红色的痂，
我忘记为我遍布皱褶的鼻子上油
在我八十岁生日的夜里

梦到那由粘液组成的
红色大山
将我包围
痛苦的凝胶状的喜马拉雅
从 1976 年开始
在我的余生里不断向外倾泻
就在我右脸萎缩的肌肉
开始下垂时
医生为我开每日一次的抗生素
令我颧骨内的第七脑神经[①] 发炎
给我留下了干燥的鼻子，扭曲的
笑容与鬼鬼祟祟地
探寻着我脸中央的刺激的手指
做着白日梦在学校的走廊里游荡——
那穿着两件式套装的白人男孩
我曾经从 1946 年的时代广场
阿斯特酒店的吧台把他带回家

1982 年 4 月 30 日

---

① 即面部神经。

成　熟

年轻时我狂饮啤酒，吐出绿色的胆汁
年老后我狂饮葡萄酒，吐出红色的鲜血
现在我只吐出空气

1982 年 7 月

"把语法糟糕没有教养的胆小鬼记者们扔出去"

为安妮·沃尔德曼而作

  他们报道着十诫与金科玉律但忘记了你不可做假见证直到别人做了也就对他们做吧

  声称某人因为在贝鲁特被空袭夷平的疯人院跳起胜利之舞侮辱了古犹太参议院而被钉上十字架

  滚吧！滚吧！那疯狂的通讯记者写出这样的头条"疯子还是弥赛亚？他死于变质的猪肉"那如来佛的圆寂之夜

  或是卑鄙的记者露着一口大黄牙提出尖酸的问题，"凯鲁亚克已经无法写作，那他还较什么劲，为了钱吗？"

  或是《时代》杂志特约记者提出诸如"这难道不是一次乡愁之旅吗，您说对不？"

  正当你用你半透明的性趣盎然的双翼永远地从月球上展翅冲下的时候

  而那个从哈佛毕业的通讯社家伙问道，"这是秘密警察的事，你又瞎操什么心，成功的抽象表现主义画家啊，难道还对你的父母心怀厌恨不成？"

  滚吧！滚吧！到佛境中去，去星空外漫游直到永远，无牵无挂，再没有头条，没有思想，没有一张可被银河的光阅读的报纸。

1982 年 8 月 10 日

步入死者之地

步入死者之地
斯大林和希特勒睡在一起
能给块面包吗,请问你?
FBI 的文件,进入粉碎机?
艾森豪威尔的灵魂坐在雪橇里
步入死者之地
人人擅长口交技艺

底特律的百万富翁
芝加哥的百万富翁
纽约的百万富翁
好莱坞的百万富翁
放下你们的钞票哈哈哈
放下你们的诗情画意放下放下

放下你们的汽车哈哈哈
放下你们的可卡因哈哈哈
放下你们的肉放下放下
放下电影胶片哈哈哈
放下你们的钻石哈哈哈
放下你们的美钞放下你们的黄金

放下你们的房子你们的肉体放下
放下你们的灵魂哈哈哈
放下上帝佛祖放下

放下真主放下放下
放下你们的军队哈哈哈
放下你们的战争哈哈哈

放下你们的圣城哈哈哈
放下巴解组织
犹太人放下放下放下
放下以色列哈哈哈
放下天启哈哈哈
放下你的炸弹哈哈哈

你的核弹哈哈哈
放下你的灾祸你的死亡放下
哈哈哈哈哈哈
哈哈哈哈哈哈
墨西哥的百万富翁哈哈哈
尼加拉瓜的百万富翁放下放下

1982 年 8 月 22 日，下午 6 点 30 分

古阿塞维开往拉斯·普拉萨斯的巴士上一路经过大豆和棉花地和一栋栋飘着红旗的塑料板房

易怒的呆瓜

不要寄给我信件，不要寄给我诗歌
我太忙，一写诗就想吐，天空覆盖着灰云
能拍一张完美的照片
我有大脑金属疲劳的膝盖古怪审美的眼泪
你有一身臭毛病
你需要一封去炼狱大学的介绍信
你为柯林斯堡的冻结核武器阵营而工作
你的血压很高你的大脚趾很疼
有一天你会死去
你唱起礼赞克里希那礼赞克里希那克里希那克里希那礼赞礼赞
礼赞罗摩礼赞罗摩罗摩罗摩礼赞礼赞
你在帝国大厦的顶楼工作
你是个混蛋
你是个大嚼热狗的伪君子。

1982 年 10 月 28 日

坐禅之思 II

当我在卧室打坐,敬拜、冥想或祷告
在我镶有玻璃的衣橱旁羊皮毯边的供凳上,
白色的窗帘清晨的阳光,周五《落基山新闻报》"最忙的一天里市场大幅衰减"
躺在桌子上《新闻周刊》"核噩梦"的标题旁边,
凯瑟琳·曼斯菲尔德① 厚厚的传记与艾丁顿·西蒙兹的《希腊诗人》②
我的床头板的枕头上面有一盏白色的灯照亮着《当代乡村蓝调》③ 昨晚午夜一点的小号字体,
还有一瓶复合维生素 B,绿薄荷按摩油,治疗高血压的每晚一片的可乐亭那氯化氢的药片,
为运动员的脚而生产的托萘酯药膏,报夹,剪刀与一只和书一样重的鞋楦压在一叠施乐牌飞碟打印纸上,
新的圆珠笔,手表,钱包,一些零钱钥匙与瑞士军刀
牙签,转笔刀与装着佛教徒精神分析论文的册页夹
当我在白墙之间呼吸,弗兰特岭的峭壁在南窗外的天空下静立
我记得昨夜电视机里西服革履的辩论会,那干净利落的犹太右翼学生痛宰了一名来自达特茅斯学院的紧张兮兮一脸疙瘩的自由派编辑

---

① 凯瑟琳·曼斯菲尔德(Katherine Mansfield,1888—1923),新西兰现代短篇小说家,被称为新西兰文学的奠基人。
② 艾丁顿·西蒙兹在 1873 年至 1876 年间的文集,原名《希腊诗人研究》。
③ 美国音乐家哈利-奥斯特于 1969 年出版的书。

我还记得那个发誓"把政府从我们的后背上甩掉"的男孩肯定会把我交的税送给军方的铜管乐队联邦调查局也不会给圣马克的诗歌项目一分钱——

他不具有任何阅读诗歌的幽默感与犀利的眼睛

但是有一些诗人也没有,爱德华·多恩会不会觉得我是个笨蛋,我能不能吸入炙热的黑色愤怒后再把洁白而凉爽的祝福吐出?

一生都是一个无药可救的充满罪过的门外汉!是不是这些药片导致了阳痿?

我能不能把书架与衣服从我的卧室搬走,把八只腿的书桌档案柜与打字机

搬到纽约隔壁另一间小房间里,那会不会结束我可怕的公众业力,

电话在我的脊柱下鸣响,鸡奸者妄想狂被催眠的家伙烧光了他青年时如水果蛋糕一样甜美的诗歌

砸着门为保护自己不受脑损伤电吉他身穿着蓝色波浪般晃动制服的警察的侵害?

就像那蓝色空寂的佛陀飘过通体蔚蓝的天空,

我是不是该安顿下来练习冥想,关心我过于敏感的自我,无所事事,

整理文件和手稿,平静地死在下东区而不是埃塞俄比亚的一场心脏病,

如何才能从这自负中逃脱?就让它出现又幻灭,那精神失常的幻象

除了思想本身什么也代表不了,在我自己的卧室里整日忧心忡忡能解决世界上的什么问题?——

这仍是一首语意强大而清澈的诗歌或能揭露出邓肯在美国所命名的忧伤

全世界还有一亿的人营养不良而所谓的公民权利却令今年战争机器的经费膨胀到两千亿美元——

而谁又在其间中饱私囊，难道我们所有人不都有一颗柔弱的心脏吗？——但我又了解军事的世界什么？

机场与航母，吹响军号的军团，冰淇淋的小摊，

耗资百万电脑控制的火箭——没错我在有意无意间瞥见了中央情报局的家伙们诡秘地做着毒品交易——但潘德顿军营的聪明人们可不这么想

诺福克的军官们广阔的住宅区，集体食堂与直升机，五角大楼的后勤委员会为其积累了大量的食物来源——北美防空司令部心醉神迷地躲在山洞中

或者能从冷战中走出，为俄罗斯帝国打开温暖气候的大门，

在每一个大陆开创耗资数万亿美元的太阳能电站——

是的，通向那阳光灿烂的碧蓝之海，不是冰冷的摩尔曼斯克与海参崴的港口，他们需要的是一片广袤又炙热的海湾

让国际协定废止巨大的战舰，不允许有任何苏联或美国的战舰在希腊人蔚蓝的海上横行——

但又能如何废止那些海盗，海上的暴风雨与神风突击队，地狱天使还有北非枪杀犹太人的家伙们？

只要一些警察的小艇就好，不要航空母舰或核潜艇——没错就让苏联的海港解冻顺利地通往南方

我坐在卧室地板的垫子上思考着这些问题，已是上午十点半肚子有些饥饿呼吸穿过明亮的窗户上的阴影与窗帘，初升的太阳照着白墙与灰色的地毯——

回忆完那苏联提出要一个不冻港的老故事后我回归了自己，科罗拉多的蓝天朵朵白云从博尔德市博拉夫大街的屋顶飘过。

1982 年 11 月 8 日

什么？大海在弗利辛恩呕吐

为西蒙·温肯努赫而作

塑料与玻璃纸，牛奶盒与酸奶罐，蓝色与橘色的购物网袋
小柑橘的皮，纸袋，羽毛与海藻，砖块与树枝，
多汁的绿叶与松针，水瓶，胶合板与烟丝袋
咖啡罐的盖子，奶瓶的帽儿，米袋子，蓝绳子，一只棕色的旧鞋，一片洋葱皮
嵌有白色石子的混凝土块，压缩饼干，清洁剂与榨汁机，树皮与木板，搅拌器刷，盒子盖儿
一个规格化的已经解体的喷罐，一整个棕色的小洋葱，一只黄色的杯子
一名拄着双拐在海边行走的男孩，一只死去的海鸥，一只蓝色的跑鞋，
一个购物袋的把手，半只柠檬，一束芹菜，一张布网——
软木瓶塞，葡萄柚，橡胶手套，打湿的烟花管，
一堆铁棕色的海藻被涨潮留着防波堤附近，
一只塑料汽车挡泥板，碎得只剩半个的绿头盔，巨大的麻绳结，被剥去树皮的树干，
一根木棍，一个篮子，无数的塑料瓶，厨乐牌意大利面的包装袋，
一只细长的灰色塑料油桶，绷带卷，玻璃瓶，锡罐，圣诞树
一根生了锈的铁管，我和我的鸡鸡。

1983年1月3日

我不是

　　我不是一个在地下室被蜘蛛网一样的皮绳捆起来尖叫着的女同性恋
　　我不是在情妇的床上裤子褪到脚面心脏病发作的洛克菲勒
　　我不是一个激进的斯大林主义者知识分子小同性恋
　　不是一个带着黑帽子留着白胡子指甲肮脏的反犹太人的拉比
　　不是在新年的前夕被懦弱警察的奴才们痛揍的旧金山监牢中的诗人
　　不是格雷戈里·柯尔索或俄耳甫斯这个国家中被诅咒的人
　　也不是一名有着丰厚工资的学校教师
　　我不是任何我知道的人
　　事实上我刚刚在此地生活了八十年而已

1983年3月7日，圣克莱门特教堂

我是艾伦·金斯堡的囚徒

这奴隶主是谁
他命令我用他的名字给人回信
年复一年地写诗,保持
相貌堂堂
这自大狂的文件柜里
可还有地方
多放一张我的照片?
如何逃脱他的魔爪,他面对公众的嗓音,
银行账户,万事达卡的
利息
这用他的喜好催眠了我的生活的政客是谁
微不足道的友人与暗中潜伏的复仇女神,已入土的英雄
与活灵活现的鬼魂萦绕四周
等待着天才的施舍?
为什么这个家伙迫使我打坐
冥思,
将摇滚的月光照向中西部在大学城
天花板上的射灯太亮
我睁不开眼睛
对着巨大的麦克风乱吼一气五音不全
令我朝年轻的男孩跪下
我宣布现在就开始新的生活,但我如何能
付清他的欠债
还有下个月借用他身体的租金,
又秃又大惊小怪,还有佩罗尼氏病

但至少还不是恶性。

1983年4月4日中午12点15分,噶玛丘林

落基山佛法中心的二百二十一个音节

没有头的苞叶裹着长长的草杆,一只老蜜蜂在阳光下摇摇晃晃。

从昨天中午开始就有两只棕眼睛的苏珊在门口守候。

尾巴指向身后云杉冠顶的夕阳那边有一只孤独的山雀在啼鸣。

无月的闷雷——黄色的蒲公英在雨后的草坪上闪亮。

对于神殿的房里的恰好斋发了脾气——蓟草在午后开放。

加了一件衣服又把它脱下,沿着阳光里的小径走向那进午餐的地方。

一颗蒲公英的种子漂浮在沼泽的浮草上和蚊子为伴。

虚云从我头上划过,鸟儿叽叽喳喳,一阵飞机的轰鸣从蓝天的深处传来。

激动人心的中午——修理店门外松枝上蝉鸣阵阵。

凌晨四点那两个中年男人手握着手一起进入了梦乡。

在半冥半暗的拂晓几只鸟儿在昂宿星下鸣啭。

冷杉林后的天空渐渐沁出红色,云雀欢唱,麻雀叫着吱吱吱。

1983 年 7 月

在商店里行窃被捉个正着跑出百货公司看见夕阳后醒来。

1983 年 8 月

和幽灵战斗,和幽灵战斗

和幽灵战斗我们的车在好莱坞的公路上抛锚
和幽灵战斗那些埃及木乃伊的法老们与脑满肠肥的生意人
和幽灵战斗一个脚蹬网球鞋的苏格兰小伙子站在战舰的甲板上
和幽灵战斗威廉·柏洛兹写下不计其数的小说
和巨大的幽灵战斗大卫拿起了他的弹弓
和幽灵战斗邱阳创巴持明上师创立了香巴拉的王国
和幽灵战斗缴纳联邦税款填写为数不多的缴税优先取舍权表格
和幽灵战斗神的儿子登上了他的木头十字架
和夏天的幽灵战斗肌肉发达的年轻音乐家们在昏暗的电影院里跳上跳下狂吼乱叫
和幽灵战斗悉达多在菩提树下冥思
和幽灵战斗神秘主义进入了好莱坞的天主教堂
和幽灵战斗有一万名孩子点名要理紫色的鸡冠头
和幽灵战斗各种各样的同性恋在蒸气浴和更衣室里追逐着年轻的棒小伙
和幽灵战斗统治阶级将军费预算涨破,1985年花掉两千四百四十亿美元——如果把
以往的军费赤字、利息与养老金都算进来一共分掉了税收这块蛋糕的百分之六十三
和幽灵战斗罗纳德·里根把可卡因的舰队派往中美洲
和幽灵战斗吞云吐雾的诗人谴责着吞云吐雾本身——

和幽灵战斗纽约时报印出数千页的社论

和幽灵战斗阿道夫·希特勒给自己打了更多的甲基苯丙胺，咀嚼碉堡中的地毯

和幽灵战斗数千名诗人只有两条路可走，善良慷慨或是尖酸刻薄

和幽灵战斗吉米·迪安加速前进，奥森·威尔斯又点了一块乳酪蛋糕

和幽灵战斗欧内斯特·海明威用猎枪把自己的脑子打了出来

和幽灵战斗埃兹拉·庞德憎恨某些憎恨庞德的犹太人

和幽灵战斗杜鲁门扔下了两颗原子弹

和幽灵战斗爱因斯坦发明了相对论

1983 年 8 月中

争 论

我厌恶争论
"是你把黄油扔在锅里的"
"我没有,是你让它在炉子上熔化的"
"你入侵了土耳其杀死了亚美尼亚人!"
"我才没有!你入侵了中国让他们都患上了鸦片瘾"
"你造了一个比我的氢弹威力大得多的玩意儿"
"你在印度支那使用了毒气"
"你用橙色落叶剂把四分之一大陆弄得光秃秃的这不公平"
"你喷了百草枯①"
"你抽了大麻"
"你被捕了"
"我现在宣战!"
为什么我们不把那些大喇叭都关掉呢?

1983 年 9 月 5 日

---

① 美国在墨西哥和索诺拉为清除大麻田而喷散的化学毒剂。

周日祷告

多年来耳道中总有一阵抓挠般的刺痛,用过软膏,
疼痛减轻了一些,转头时脖子又开始疼
很久以前就已慢慢谢顶,耳朵里也长起灰色的须毛
双目紧闭躺在床上,舌头一阵刺痛,娇弱的
牙龈在齿根下生有溃疡——
十九岁时在大学里染上的慢性肝炎
刺激着我的肾结石与高血压
右边的脸已轻微地麻痹,眼睛开始斜视容易疲惫,
死气沉沉的废物一个,没有谁的下腹可以亲吻,
阳具歪斜,凹凸不平的勃起中有点点的疼痛——
我为什么要将这些病痛展示?展示给谁看?
智慧并且衰老,疾病与死亡在不断上演
传奇从佛陀到凯鲁亚克——再到我
一下子又老了许多——这是我多年前埋下的祸。

1983 年 9 月 25 日

糙米四行诗

这些丰盛的午餐无关紧要
如果你正是在商人的年纪
反正他乐于创造食物
漂过这芳香的国度

是谁第一个开口讲话
赐给公民具有思想的唾液
自然之子慢慢靠近政府
但秘密警察仍然坚守火腿与鸡蛋

这对为数众多的鸡来说真是一个悲剧
想想屠夫如何在猪的梦里肆虐！
绵羊大声抗议它们的梦魇，山羊和
鱼儿从草地和海洋发来它们吊唁

如果他能建立一个全新的国会
我们就不再需要忍受硫磺的烟雾
糖在电影里起舞，咖啡在电视上泄露你的秘密
还有硝酸钠，尼古丁和胆固醇

外交政策一无是处。
那自然之子漂流到中美洲湮灭于
塞米诺人的碎布衣服与阿尔伯特·爱因斯坦，
从来没人想到过热射线将会毁灭地球。

1983 年 9 月 25 日

他们都是我想象中栖居的幽灵

我需要一个年轻的音乐家脱掉自己的裤子坐在我的床边为我唱一曲蓝调
我需要一个导师能把我送回还未出生
需要一个后妈继承我亲生母亲没流完的眼泪
一个心怀恐惧有名望的朋友身上挂着锁,在哭墙边塞进他的小纸条
我需要一个和蔼的兄弟,担当着痛苦使我远离愤怒
需要一个侄子的走失,他吃剩的米饭留着冰箱里上面插着一把冷冰冰的勺子
农家的伙伴和我一起做饭,研习班卓琴的佛法
需要一个疯狂的总统这样我便能用笔让这个国家神志清醒
我需要能面对死亡的父亲和诗人
需要在坟墓中有一位有深色的眼睛疲惫的眉毛与温柔之心的好伴侣
需要一个聪明的瘾君子指责我肤浅的思想,用他下流的智慧
我需要一个女朋友帮我照相,给我一张睡觉的床——
一所能击败哥伦比亚大学的学校
需要遍布丑闻的监狱与疯人铁牢的铿锵之声来敲醒我二十二年来
虚构出所有同伴的幻想,放声痛哭并祈祷他们身为肉身
需要让这些创造物化为艾伦·金斯堡,这在承受苦难的世界

这血海中央清醒地哭泣着的自己
需要成为一个在美国生存的骗子
过失杀人者为我指出法律中真实的谎言
需要一尊开悟的佛陀让我也成为开悟之人
一张睡觉的床，一座掩埋我骨灰的坟墓。

1983 年 10 月 1 日

白色尸衣

我被召唤,自睡榻腾空而起
飞向死者聚居之地
那儿我没有家,也没有屋
但梦中,我常常漫步
寻找早年自己的住处
心灵里填满了幻灭的痛楚,
在那儿,我年迈的祖母
久违的沙发是她的归属
还有我妈,比我精神还正常
哭哭笑笑,像没有死过一样。

我又置身于这宏伟的东部巨都,
漫步于高架桥底的铁柱——
布朗克斯区街道两旁公寓的窗户垒积好似城墙
破旧的剧场屋顶下,走过一群去购物的穷苦女人
她们披着黑围巾走过糖果店和报亭,孩子们
在他们手持拐杖蹒跚而行的祖父旁边蹦蹦跳跳。
我也曾在很久以前出没于这条街道,经历过肮脏的地铁
与星期天,
十岁的我手里拎着茶叶与熏鲑鱼,身旁是我的姑妈与我
那当牙医的表兄。
在那时很有名的和平主义者大卫·戴灵格走在我的
右边,

他从佛蒙特州开车过来拜访蒂沃利农场 ①
天主教的工友，我们坐在他的车里自曼哈顿北上，
美国在报纸中的战争已经结束获得解脱，
电视中疯狂跳动的雪花与阴影已经平静——如今
已比我们的口号与标语更加苍老，我们探寻那砖砌的街道
我们寄宿去寻找新的寓所，租用阁楼的办公室
或是宽敞的公寓，令我们的双眼耳朵和思想一起退休。
正当我经过我俄籍犹太裔祖母的房间时，我十分惊讶
她曾经躺在她的床上长吁短叹，吃着小鸡熬成的汤
或罗宋汤，土豆饼，地毯上的面包屑，
用意第绪语抱怨着被抛弃在养老院里的孤独。
现在这个房间的门敞着，我意识到我可以在附近的邻居那边找个地方睡觉，
这是何等的安慰，一家人再次团聚，几十年来从未有过的团聚！——
这精力充沛中年的我爬上了西布朗克斯区的高坡
寻找着属于我自己的有热水与家具的公寓安顿下来，
要和我祖母的家很近便于常常拜访，附近要有窗明几净的咖啡馆
可以阅读星期天的报纸，香烟升起在铅笔和纸张之间，
写诗的桌子，在阁楼里发现父亲留下的书令我释怀，
一整套平静的百科全书，厨房里还要有台收音机。
一位黑人老门房清扫着排水沟，街上的狗闻着红色的消防栓，
护士们推着婴儿车走过静静的屋前空地。
我焦虑地想在黄昏前租到一处可以落脚的地方，

---

① 桃乐茜·戴在1930年代创建的农村冥想公社，她是圣徒般的天主教波希米亚反战主义者。

我沿着出租房的路堤游荡

看着那穿过布朗克斯河的地铁路桥。

这里多么像巴黎或布达佩斯的郊区,远离市中心

左岸的吸毒者潦倒地坐在楼梯上知识分子们

在饭店和酒吧里争吵,精神抖擞的老妇人①背着她那台

中央取景的古董相机记录公共事业振兴署报纸中的大都市

九月的阳光下从百老汇高架铁路桥附近驶过的双层巴士,

圣诞前夜,摩天楼肃立屋顶撑起一万扇办公室耀眼的玻璃窗

这片明亮之下是有着蚁行的出租车与星星点点的街灯的市中心

人行道却仍笼罩在午后的黑暗里,

海诺德广场熙熙攘攘的人们走过交通信号灯在七月的中午找地方吃午餐

在梅西百货公司的遮阳棚下买着干货

又提着购物袋在法兰克福的柜台前停步试戴最新款的时髦草帽,

人类躲在他们的孤独和鞋子里前进,蒸蒸日上。

但我已流浪太久,沉迷于眼前的浮世绘,

我住的地方在哪里?我不禁想起数十年前也曾找过房子

在公寓的厨房里吃饭,书架,露丝姨妈的病痛,阑尾手术,

牙套,在一个午后第一次试戴的眼镜,把我湿漉漉的头发向后梳理,

在高中对着镜子的照片里年轻人的窘态。死者在寻找一个归宿,但我仍活在这世间。

---

① 这里描述了几幅摄影师贝伦尼斯·阿伯特在美国大萧条时期创作的《变化中的纽约》的摄影作品,从"巴士"到"鞋子"为止。

白色尸衣(1980—1985)

我走过两栋楼之间的一座锡顶的壁龛

这小小的庇护所可以躲避冷雨有地铁隔栏喷出的热气可以暖和身体，

下面的电机嗡嗡震动，带来令人愉快的安宁。

一位拎着购物袋的妇人住在这小巷中的一只床垫上，

她的木床放在人行道上，有很多的毯子与床单，

在她身旁摆着壶、锅和盘子，墙边是风扇和电炉。

她看上去十分孤寂，满头白发，但仍有力气做饭并且瞪着你。

多年以来路人大都没怎么关注这大厦下的小棚屋，

时不时有生意人停下来说上几句话，给她几片面包或酸奶。

有时她会消失住到州立医院后面的病房里，

但现在她又回到了在小巷中的家，眼神犀利，一头苍老的乱发，

身上大半已经瘫痪，我经过时她满嘴都是愤怒的抱怨。

我有点被她吓到了，有谁来照顾这样的女人，

如此熟悉，基本上在她的街道里已被路人忽视，除非她在雪天

戴着那顶被蛀坏了的兔皮帽一脸固执的表情。

她的牙很烂，太过老朽，歪歪斜斜好像马的臼齿——

她张开嘴露出她的喉咙——我不明白她是怎么靠这副牙齿活下来的，

她又是怎么吃东西的，她咯咯地咬着蘑菇一样灰白色的马蹄形门牙，

又扁又硬的空洞好似花朵排列在她的一圈牙龈里。

突然我认出她就是我的母亲，娜奥米，居住在这老城边缘的角落里，比她在自己的生活消失之前更加衰老。

你在这里做什么？我问道，令人惊异的是她仍然认得我，

我一脸惊愕地看着她自己坐了起来,抬高了下巴用嘲笑向我问候

"我自己住可以吗,你们没一人要我,我是个伟大的女人,

我自己找到了这个地方,我想要活下去,现在我太老了照顾不来自己,

那又怎样,你又在这里做什么?"我大概在找房子吧,我想,但她有自己的房子,

在破破烂烂的布朗克斯区,她需要什么人来帮她买菜做饭,她需要的孩子们,

我是她最小的儿子,不小心走过这条属于她的小巷,

但在这里,她活下来了,晚上有块木板陪她进入梦乡。

她还有没有一间屋给我?我注意到她的洞穴毗邻一间公寓的大门,

大楼边上没刷过油漆的地下储藏室就在她安身之处的对面。

如果实在没有办法,我也可以住在这里,这是我目前的最佳选择,

在我们凡人的生活中和自己的母亲为伴。我这些年来神游在欧洲城市的街道里,

公寓里的梦境,我曾经住过的老房子,仍在清付租金,

打不开门的钥匙,被换掉的锁,举家迁徙的移民

占领我熟悉的出租屋的门厅——我可以顺坡而下

无依无靠地在人行道漫游,让身上的钱被偷光,也可以回到公寓里——但无法

认出我在伦敦,巴黎,布朗克斯,哥伦比亚图书馆附近,在市中心切尔西地铁站第八大道边的房子——

这些年来居无定所——就此结束吧,我可在这里永远地生活,

这里有一个家,有娜奥米,就在最后,

就在这千辛万苦的最后,我的搜寻以一种愉快的方式结束,

是时候来照顾她了,离死亡她还有很长的路要走,

她给自己惹了一身的麻烦,包括那些无法和人相处的习惯,

街边不体面的毯子,没有牙的空洞,肮脏的平底锅,

已被麻醉了一半的臭脾气

她需要我中年的力气尘世的金钱与知识,

管理家务的天赋。我会做饭会为生计码字,

她不用再去央求那些药品和食物,会有一副新的假牙,

不用再冲着世界大喊大叫,我买得起电话,

在二十五年后我们终于可以给加利福尼亚的伊蒂姨妈打个电话,

我会有一个栖身的寓所。"首先,"我对娜奥米说

"你听了别生气,你得知道你的死对头

祖母还活着!她住在山下的几个街区外,我刚才看到她了,

和你一模一样!"我的胸中一阵喜悦,我所有的麻烦都一笔勾销了,

她很满足,太老,无法再关心什么或喊出她的怨恨,抱怨也只是

抱怨她的烂牙而已。这是我寻觅已久的安宁!

我在黎明前醒来

很满足我现在拥有的生活,我二楼卧室的窗户

布拉夫大街面对着东边城镇的屋顶,

我从那死者的国度回归到这诗意的生活,写下的故事里

包含着久违的欢乐,能再次见到我的妈妈!

我把钢笔肚子里的墨水写尽,红灿灿的紫罗兰

在熨斗山的山脚下照亮了城市树顶的天空,

我走下楼梯到阴暗的卧室,那里彼得·奥尔洛夫斯基

坐在电视机前一头长发被屏幕七彩的光映得无比绚烂

他正在那儿看早间的气象节目,我吻了他,灌满我的钢笔,大哭一场。

1983 年 10 月 5 日,凌晨 6 点 35 分

帝国的空气

飞向罗彻斯特理工学院

从长岛二手车的停车场与五颜六色的垃圾上攀升
烟囱喷出短粗的白烟飘向北方飘过埃及的工厂屋顶一样的庞然巨物
加入到灰云的队伍，去征服世界！
全世界的健康都被有机的橙汁和西藏人驴粪味道的药剂所拯救——征服世界
征服世界
征服这自负的世界，征服这世界的愤怒
征服这砖瓦的世界，凡人的工厂！
征服那露珠？征服那朵从我们身旁经过的白云？——
啊，永不落的智慧阳光征服了思想之夜
征服战争啊，技术的战士
一次太阳之上的旅程
我低头看着太阳
我也等于太阳，太阳和我平起平坐
我没有阑尾炎，我系着一条布鲁克斯兄弟的领带
我身穿救世军的衣服！征服美国！征服贪婪！征服战争贩子的双手！
征服你自己！征服你这暴饮暴食的金斯堡！为获得战利品的征服欲！
最后将战利品征服！好吧不可一世的家伙！将皇城摧毁的克瑞翁！
被平静征服！被禁欲征服，在同时变得年轻又同时渐渐衰老！

被勃起征服！在不断地弃守中征服了全部的空间！用居住在这宇宙的手段将其征服！

被垂死征服！被有克制的饮食征服！在排泄之后将你的下体洗净！

不可思议地说着你的美国母语，发出每一个音节，品味每一个元音，欣赏每一个辅音！

飞到云上！征服业力，那因与果的循环

征服因与果，看它将如何影响冷战！

看它如何影响你的心！

如果侮辱你的女朋友你会感到心痛！

如果侮辱尼加拉瓜你会觉得讨厌

如果侮辱总统你就侮辱了自己！

征服总统吧但不是用侮辱的方式！

不要侮辱自己！不要再侮辱苏联人！停止侮辱敌人！

侮辱敌人每年需要花费两千两百零八亿美元！

征服不发达国家饥饿的欠债！征服世界上悲伤的银行拖欠！去征服

世间的核废料！

然后再去征服你自己的心！

1984年1月30日

突发奇想

我们拥有玻璃是多么的幸运!
玻璃是透明的!
我看见那个男孩穿着红色的浴衣
走过街道。

      1984年,7月7日,晚8点半

学生的爱

这男孩是个新面孔,十八岁,鼻梁高耸
内衣挂在他的短裤外面,他还是个孩子
还在长身体
双腿强壮,他抱了我,就走开了——
二十年后他有了肚子,
明媚的眼睛因为办公室的劳累而变得迟钝,
他的孩子们准会在浴室里
冲他撅嘴——
不如现在和他上床爬到我的身上
在我的大肚子上欢唱
也比数十年后,两把老骨头
在医院的床头窃窃私语要强。

1984 年 7 月 31 日

问　题

当那一袭灰裙，灰发，灰脸
负责照顾我的小妖精走进门，
那扇门在我身后已紧闭数年，
我仍快乐无比
快乐地烂醉如泥（好几天没有睡觉），
快乐，因为再次参与了
生活中真实的活动，两位严肃的绅士
趴在我的肩膀上坐着一辆特别为我找来的
暗色的汽车里穿过十二月的大桥，
快乐，因为我在街上大喊大叫
让人人都能听得到，
快乐，因为我觉得这次历险
不过是次小小的远足，但仍然是快乐的，
因为这满头灰发身材矮小的叔叔
我素未谋面，他
不怎么快乐，是不断安慰别人无聊的同性恋
无聊地为我的邮包签字，无聊地把我的七个口袋

上上下下翻了个遍，

接着绷着脸没收了我的

手绢，折刀，几把钥匙

接着冷淡地解开我的腰带

当面检查

我的内裤是不是系着细绳，

打着哈欠毫无感情地拍着我的下体，

最后几乎要睡着又要解开我鞋上

那轻盈的鞋带——

"我这样可走不了路"——他耸了耸肩。

左手把我的裤子提起来，因为这史无前例的状况

而茫然不知所措，却仍

保持着绅士风度，我

躬下身子给他看我右手里的鞋带。

"这有什么意义呢？我又不想找个地方上吊"——我确定他

心情已是十分愉快。"你不会吗？"他问道……"为什么不呢？"

他土黄色的脸上既不是嘲弄也不是仇恨。

就在那时恐惧在不经意间将我笼罩。

伊西特瓦纳·艾尔希① 作

艾伦·金斯堡和作者一起翻译于 1984 年 9 月 5 日

---

① 伊西特瓦纳·艾尔希（István Eörsi，1931—2005），匈牙利作家、诗人和翻译家。

白色尸衣（1980—1985）

在我纽约的厨房

为巴丹·费高① 而作

双膝跪地,将重量转移——
毕加索蓝色的死亡头颅自画像
钉在冰箱的门上——
这里有公寓里最大的空间
可用来打太极——
把右腿伸平再抬起——我想
是不是不用管旁边那个垃圾桶——
举起我的双手再把它们
降回肩膀的位置——洗好的毛巾和睡衣
挂在门廊里的一根绳子上——
下推,揽雀尾②——
这些杂货店的纸箱
堵住了那扇关着的门——
面向北方——我应该把所有的水壶
都挂在炉子上——那幅
挂在墙上的霍皮人的照片
展示着狂风暴雨和闪电——
再次向右转——穿过门,上帝啊
我办公的地方堆满了照片
和未拆的信件——
抬起我的屁股——感谢上帝阿蒂尔·兰波

---

① 纳罗帕大学的教授,落基山太极基金会的顾问。
② 揽雀尾和下文的单鞭,都是中国太极拳的动作。

正在水槽里看着我——
单鞭——钢琴还在房间里，嗯
史蒂文与玛丽亚下周终于要搬到
他们自己公寓去了！他的裤子
还在这儿，朱利叶斯躺在他的床上——
这姿势和圣弗朗西斯
在贝里尼的狂喜中所做的恰恰相反——双手
为我而低垂——
我最好集中注意力做我现在做的事情——
气通丹田，自腰部开始移动——
不，那是单鞭——那件围裙
挂在北面的墙上整整一年
我都没有用过
除了用它来擦我的手——白鹤
亮翅——我有没有交电费？
手挥琵琶——我抵达中国前
有没有留下足够的房租？
搂膝拗步——芝麻蜂蜜糖
味道不错，把芝麻籽捣碎，
在冰盒里放一个星期——
如封似闭——我应该换一个
大开间的工作室或宽敞的客厅——
地产投机者们买光了曼哈顿
每一平方英尺的土地，
从印第安人手里开始——
十字手——我应该
写一封信寄给《时代》杂志
控诉这不道德的行径。

收势——我不知道我的肝脏还好不好

大概今晚没事，上周我开始戒烟。
不知道他们会不会引爆氢弹呢？大概不会吧。

        1984年9月5日，午夜曼哈顿

这一切如此短暂

我必须放弃
书本,支票,信件
文件柜,公寓里的
靠垫,身体与皮肤
还有我牙齿里的疼痛。

1984 年 9 月 14 日

我如此爱着老惠特曼

年轻的,亲切的,喧嚣的,温柔的
中年的体贴,一万张来自岸边的船或街道的布告,
工作台,森林,家或者办公室,歌剧——
领航着他的书籍大声地读给这些中国的男孩和女孩听
他们已掌握了足够多的美式发音去捕捉惠特曼的手——
不愿从两片树叶中选出某一片,不愿丢弃富有同情心的任何一张纸
——那酒保的模样,面无表情的囚犯胡须上的一滴汗,
阳光下的妓女,唠唠叨叨的老人驼着背挥手告别——
我撇去树叶准备面对结局,这一年在中土之国度过
他不可思议的弄潮儿在浪尖上一丝不挂大口呼吸
为他亡命之徒的告别而感动,"谁触摸到这本书就等于触摸到了一个人"
我脱帽致意
向着老兵、老水手、老作家、老同性恋、老基督诗人的熟练工,
受惠于中年的灵感在曼哈顿歌颂永恒,
看着那斑点蛇与膨胀的地球消失
在绿色的季节,内战
和白发成霜的年岁之后。

1984 年 11 月 20 日,中国保定

W.C.威廉姆斯入我梦写下此诗

"就是这样
你承受着

一个普普通通的
真理

也是通常所说的
欲望

无需
用美丽

将其
矫饰

无需
扭曲

那无法用
准绳衡量的事物

令其变得
容易理解

拎出你的

鼻子

双眼耳朵
舌头

性与
大脑

展示给
大众

给你的
精确

一次
机会

倾听
向着你自己

倾诉
向着你自己

别人
便也会

快乐地
从重担下

解脱——

那是他们自己的

思想
与忧伤。

还有什么能
以欲望开始

却在智慧中
结束。"

　　　　　　　　　　1984年11月23日，保定

有天清晨我在中国散步

学生们手持银色的木剑起舞,在坚实而泥泞的土地上旋转
我走出河北大学混凝土铸成的北门,
马路对面一个蓝帽子的男人在卖油炸的长条甜面团,那种棕色和新炸出来的甜甜圈一模一样
天光有一些阴霾,经过白杨树,这些刷着白漆的树干顶端
系着一个和小男孩一样高的红绸缎——孩子们背着书包唱着歌从我身旁走过
路上有几驾驴车,一头大的一头矮小的在它们的兄弟前面拉车,整整一车的白石料
另一只驴拉着砖头,还有一只拉着几筐土——
路口的大树下,小贩的手推车和桌子上摆着香烟,
蜜橘,通体嫩黄的梨香脆可口一阵奇异的柠檬香,
苹果有黄色也有粉红,短小的绿香蕉一半已经发黑,
几串红葡萄——几盘花生,拇指大小光溜溜的山楂六个一串,
路边湿润的泥土上铺着一件衣服,上面散落着一打一打的软软的皱巴巴的黄柿子——
角落桌边的木炭上支着煮饭的锅,肉汤面上洒着少许的蔬菜
一位满头白发的理发师抖开他破旧的毛巾,镜子靠着砖墙挂在一根红绳子上
那坐着一个学生,黑色的齐耳短发剪得笔直延伸到脖子后面
掺了沙子的柔软的煤球晾在路边,工厂那边的路上,码

放着更多的黑色袋子，

楼房边积蓄的大白菜在等待着被丢进别人家的锅里，还有一些堆在几码外

市场过道手扶拖拉机的车斗中——

成堆的葱，鲜亮的橘黄色的胡萝卜丰满又漂亮，还未熟透的青番茄，香菜，细细的芹菜便宜得要命，土豆和鱼——

大的小的头被切掉的或者还活着的都挤在一个大盆里，鲤鱼的小鱼苗和上了年纪的大鱼放在篮子里——

后板子上放着半扇猪，两只蹄子伸着，一条白布麻袋盖着它一分为二的身体——

牛肉被放进绞肉机里，白色脂肪红色瘦肉绞在一起被制成人造的意大利面——

成排的自行车放在水泥的人行道边，卡车进进出出拉着一车又一车屠宰好的牛和绿杆的莴苣——

沿街而行，走进一家干货店——肥皂，铅笔，笔记本，茶叶，还有放在柜台上的皮衣——

盖子已经生锈的罐子里装着草莓酱，奶粉，裹着糖衣的饼干

会在舌头上融化，配着芳香的红茶一起咽下——

啊，那是车间大门，停车场里面有一座砖砌的公共厕所——走进去，蹲在一块砖上便可以卸下你的负担

或者站在那儿对着堆满了一个小时前留下的黏糊糊的淡棕色粪便的大洞里撒尿——

走出门，顺着小巷走过街边工厂巨大的烟囱，黑色的烟云沸腾着飘向天空

在灰白色的雾中我无法看清远处的烟囱，往回家的方向走

一群女人骑着自行车和我擦肩而过向市中心驶去，她们的鼻子和嘴上都戴着白色口罩。

1984年11月23日，晚9点30分，保定

读白居易

一

我是中国这陌生国度的旅客
我拜访过许多城市
现在我回到了上海,这几天
都在房间里呆着盖着一条通电后就能发热的毯子——
这个国家里的稀有商品——
数亿人还在北方瑟瑟发抖
学生们在拂晓起床,围着足球场跑步
为了取暖,工人在黑暗中唱着歌
而我正在熬夜,咳嗽因为烟抽得太多,
我翻身躺在床的右边
把那沉重的棉被拉到鼻子上,回到梦中
去拜访我亡故的双亲和不朽的友人。晚饭送上来了,
我不能出门去参加宴会,这周
我想呆在我的房间里,等着我的咳嗽康复。
我不需要像那个戴着白头巾的女士一样
在保定的路边卖柿子
我不需要在三峡凶险的河道里摇着我的船桨,不需要撑着竹竿
从宜昌穿过江面工厂排放的黄色浮沫驶向下游,不需要把挂着水桶的扁担
挑在我的肩膀上去浇无锡的白菜地——我有名望,
我的诗歌令一些男人变好

让某些女人生病,或许那好的
比坏的要多一些吧,我永远无从知晓。
因为没能写下更多,我仍然感到内疚;
没错,我云游各国宣扬佛法
但我自己的修炼是业余的,低级的
——我甚至都梦到过我是个多么糟糕的学生——
我的导师一直在帮助我,但我
是个懒家伙,只是纵情于我的工作
带给我的金钱与华服,今天
我还要赖在床上,读中国的古诗——
我不相信什么来世,上帝,甚至
从这个肉身分离出去的另一种生活
但我担心我死后会因为我的粗心大意
而被惩罚——我的诗歌魂飞魄散,我的名字
被人遗忘,转世生为一个木讷的工人
在河北的某条路边不停地把石头砸碎,冻得要命。

    1984年12月5日上午10点,上海

二

"无知又好斗"我和一个学生
吃了午饭争论了半天同性恋的技术问题。
咳嗽还没有好,时隐时现,我带着头疼
回到床上,没有去管从落地窗透进来的
午后疲惫的阳光,提笔写下了这些感受。
为什么我总想以英雄的姿态出现,为什么
屡屡想完成那凡人无力完成之举——
人间天堂,自我完善,在家里防盗,

和那改变世界的宏伟大业。
一个可悲的梦想家怀揣高贵的野心。
明天如果我的支气管炎有所好转
我会换上一张严肃的脸去市场转转。

下午2点30分

三

躺在枕头上头很疼
还在读着唐诗
白大诗人说那令我掩面
而泣——或许是他对于老诗人朋友的爱,
我的面颊也是一片灰白头发也是一样的脱落
有封电报对我说,那农业文明的诗人这周进了疯人院
还会有更多顽劣分子被写进历史,或悲或喜
当我回到世界另一头的家时我将会知晓。
仍会拖着这颗沉重的心脏和我正在读书的阵阵疼痛的脑袋
直到花园里一声嘶叫让我注意那边有只鸡,
头已被剁掉,身子还在农场院子里乱跑把血喷得到处都是,
那年我十一岁,或者是一阵销魂的兔子叫——我放下我的书
竖起耳朵分辨着那几乎淹没在车流和喇叭里的叫声——那是一只鸟儿
不停地令它的哨儿攀升,尖锐的音符爆发又化作
汩汩的喜乐之音在末尾又狂野地

伴随多变的惊颤如雨点般连续地高低起伏
又瞬间冲到顶点。至少那不是我，不是我的歌，
那是一个我脑袋外面的声音，和我疼痛的眉心无关。

下午 3 点 30 分

四

我在枕头上躺平想睡个小觉
却又浮想联翩飘向了
三峡的忠县
白居易作过刺史的地方。
"两股溪流一同攒动将在前方交汇
合为一股。两只鸟儿在九月冰冷的
白云下比翼齐飞。两棵树立在同一处
枝杈光秃地底的根须却悄悄地缠在一起。
两个苹果生于同一根树枝
却在上个月各自消失在市场。"
这些词句在我的脑中川流不息如河流，如狂风。
"两种思想一同在梦中浮现因此
两个世界合二为一，如果我醒来并开始写作。"
于是我便抬起枕头上的脑袋睁开眼睛
感到自己是一个浩森的贫困王国中生病的客人
这著名的来宾被授予有暖气的房间，
药品，精心准备的食物与博学的拜访者
打听着我何时才能积攒足够的健康为招待我的主人们
讲解我那半个地球外的富饶国度里的音乐与诗学

晚 8 点 15 分

五
中国支气管炎

我坐在床上思忖着
在这卧病不起的一个月里我学到了什么:
我明白了那能变废为宝的僧人
在河北省数百万的芸芸众生里
再也找不到他的身影。那金莲花的秘密
已被伤痕文学替代,大家也几乎没有听说过
肉体冥想时的蒲团①
我明白了中国或美国的烟都让我一样地咳嗽;
这老人已头发花白,谢顶
在我的胡子飘落第五十八场雪之前。
我明白了长江三峡最后一处顺流而下的急转弯
两旁耸立着一千英尺高的层峦叠嶂。
我还明白了大跃进是如何
让数百万家庭陷入饥饿,"反右"运动
将资本家和"臭老九"打倒,把革命的诗人
送到新疆去铲粪,十年后的"文化大革命"
把难以计数的数百万读书人赶到大西北
在乡下冰冷的小屋里挨饿受冻。
我明白了上海那诗意的敏感少女
梦中会出现洛杉矶电影里的过气明星。明白了苏州石桥边
小巷里就是张继被寒山寺的钟声惊起一个无眠之夜的

---

① "金莲花的秘密"和此处的语句都暗指中国古代的禁书《金瓶梅》与《肉蒲团》。

地方,
　水面在一千年前拍打着他的小船,
　一座有着二胡和曲笛还有木质舞台的茶馆。我明白了夕阳
　在杭州的西湖洒下的金光是来自乌黑的烟煤。
　我明白了那外皮烤得红脆多汁的狗是如何瞪着眼睛
　脑袋上挂着钩子悬在广州的市场里
　我明白了苏灿在冥想中皱眉与马克思主义理论家允许
　大家练气功武术强身健体。我明白了那穿着深蓝色制服的人
　可能会好心地把关于你秘密情史的流言蜚语报告到你的单位去。
　我明白了那劳工在脚手架上工作时用真假嗓反复地吟唱
　"吭唷,吭唷!"的歌声会在街边响彻整个晚上。
　"我们只是小老百姓,我们算得了什么"
　我明白了大多数人从秦始皇时代开始便这么想。

　六

　即便这沉重的肉身承受着
　我们无形的呼吸,唯物主义者
　认为生产方式决定历史:
　掌权后,唯物主义者又争论起
　到底什么是生产资料,互相争吵,
　把彼此投进监狱
　放逐不同想法的千万人。
　比诡辩不朽的道教徒更糟糕。
　愿天下农民得温饱。

七

白居易《宿荥阳》的变形

我在新泽西的帕特森长大
四十年前我离开那里时还是个纯真的少年。
现在我正环游世界,
多年没有回家去看望我的继母。
那年我十六岁,现在已经五十八——
这些日子里我全部的恐惧——我仍能看到那个在格雷厄姆大道
客厅地板的中式毯子上做着白日梦读着纽约时报的我。
我儿时的家已夷为平地,我的亲人再没有谁住在那里,
母亲已埋入长岛的黄土,父亲安睡在纽瓦克的边界
他出生的地方。
一条高速公路将我记忆中最初的家,那买卖街的土地拦腰砍断,
那记忆中也包含着一个小姑娘的初吻。那条街上新建起许多楼房,
百老汇那些古老的商店全都蒸发不见。
唯有那大瀑布与帕塞伊克河如往日般
喧嚣地卷起白雾又静静地流过制砖厂。

晚 10 点 15 分

根据路易·艾黎所译《白居易诗歌两百首》(北京:新世界出版社,1983 年)第 303 页而作

黑色尸衣

昆明宾馆,我吐着那发霉的三明治中
油腻的鸡肉,跪在白色马桶边干呕,
一阵恶心,肚肠与膀胱泻出黑水在厕所的地板上
就像我母亲1937年在帕特森呻吟一样。我爬回十二楼
自己的床,北面亮起万家灯火,
猎户座在空中闪着长长的一条银带,我又进入了梦乡。
她走进了厕所她的脸藏在她的乳房里,
乱发披肩地向我躬下腰,因为高血压而全身僵硬,这尸体般的僵硬
使她那具有生命的肉体强烈地抽搐,她在我们一家人居住的房子里
冲着医生狂吼乱叫。
几股电流涌向她的脊柱去折磨她,
脚似剥皮一样难以忍受,某些专家建议
使用一种快速的手段,我抓起她的手腕,把她
绑在水槽里,无声地砍下了她的脑袋,用一种刽子手
的方式,只一下,就用那似刀非刀似斧非斧的玩意儿
把她的脖子砍断像是砍断柔软的厚橡胶,干脆利落。
我做了什么,我为什么要这样?答案当然就在
她的面容上,死后仍是那样的恐惧和扭曲。
但我无法将她的尸体藏在厕所里,会有人来
发现弯腰缩背的她,一开始他们会等,然后他们会推她,
再然后就会惊恐地发现她无头的尸体和掉在地板上的脑袋。

我把她背在肩膀上，不敢看那
美杜莎的头颅
我之前曾把这颗长发的脑袋举起，
放在镶着镜子的水槽前，我找不到任何的疯狂
憔悴的面颊狂热的眼睛或被血污弄脏的遍布皱纹的额头——
这只是一张平静而美丽的脸，这安宁凝聚在生命最后的时刻
像是在祷告，双眼清澈而端庄，脸上的表情
既不是笑容也没有皱眉而是眉恭目顺，
两边的脸蛋肤色健康红润像是还活着。
"我犯了一个错误"我想，是不该遵循医生的教条，
还是我误以为她被神经的痛苦折磨
才尖叫着把自己的脑袋往墙上猛撞？那是我自己的想法
还是别人灌输给我的描述？我为何犯下这唐突的错误
没有和世界上的任何人或家庭成员商量——
她最后的样子是这样的安详令我不禁怀疑自己
为何那么早就被她披上了黑色的尸衣。
我是否已经发疯而过于草率？我离开了房间。
在乔尔医生的结婚典礼上一家人重新团聚
所有活着的人都来了。没错，他们发现了她的尸体，
他们知道她是个疯子，没有人怀疑这是一场谋杀，
只是互相窃窃私语说什么她死在了厕所里
原因不明，但头被割断，这种自杀方式很难一个人进行，
在今后的调查中这巨大的错误将得到阐明。
实际上我那些皱着眉头的亲戚和出版人
把这问题放到了一边，推脱着说他会在
婚礼的宾客们都回家以后再给警察打电话。我说道——
"我可能会解开这个谜。你看到她的脑袋了吗？"

他吃惊地望着我,搞不清我为什么会知道
她的死和她被砍下的脑袋?我看出了他的迷惑
将我自己出卖,为什么要冒这种险,为什么要继续
撒谎?
难道要多积累一整年业力的梦魇后再被抓住吗?
还是让警察在娜奥米冰冷的脖子上找到我的指纹?
把我作案的利器从床底下或冰箱背面的尘土中翻出来
在下东区的东十二街将我逮捕一脚踹进报纸的流言蜚
语中?
"你看到她的脑袋了吗?"我又问了一遍,几乎要将天
机泄漏。
"但你确定吗?"他问道。他身穿哈佛大学的一身制
服与
红金条纹的真丝领带,"我们这边有搞法律的人,或许
你应该向他咨询一下,
免费的,那是个幸运的合同,
我们重视客户,因为你上次和我们一起搞的文集
我们当然会无条件地保护你。"多么热心,唉,对我来说
已经无法挽回弑母的事实,我必须坦白,我已经
完全坦白,已经无法挽回这坦白与真相,我醒了。

       1984 年 12 月 21 日,凌晨 5 点 12 分

预　言

既然我已不再年轻
对我来说似乎
也没有太多乐事可以追寻
能获得这种自由是何等的幸运
可以去写汽车与战争，时代的真相，
丢掉那些旧而无用
又不合身的领带和裤子。

1985 年 1 月 9 日

追忆亲人

经历了长时间的缺席,我从阴曹地府归来
拜访我继母在郊区的家。
跨过华盛顿大桥后我向远处张望,那可是一座
远离曼哈顿的摩天大楼绿草之上的精神病院?
还是我在经历中国的放逐时新泽西建起的联排房屋?
我已经离开太久我的亲戚们站在门口似乎又老了不少——
邻家的寡妇出来倒她的黑色垃圾袋,我在她中年时就认识她,
现在她已头发花白,她看着我冲我心不在焉地点点头,
她丈夫死后我已离开太久,孩子们都已结婚有了新的孩子——
多么高兴见到我,我都去了哪里?我看着长长的走廊,
一扇又一扇门里的叔叔和阿姨活着熬到了退休
满头白发,终日看着电视和医生,每个周日
都吃拌着熟食的沙拉,看畅销书,
给家具掸土,刷厨房的地板,为了无伤大雅的血压
开开心心地往医生那儿跑,诊断结果是沮丧或疝气。
多年以后,他们也许还这么活着,但他们总会死掉,
我将再也看不到他们,我最好安顿下来
就在这些童年回忆中的亲戚虽已老去,但还活着的时候,
他们开心地围坐在彼此的桌旁喝着咖啡,聊着赚钱的闲话。
我又能去哪儿呢,凄惨的苏联?战火连天的以色列?

而脚下的美国,大家可以相安无事地在一起生活。
那些家伙在轰炸尼加拉瓜,工厂在印度爆炸起火,
城里到处都是抢人东西的动物
报纸上是这么说的,电视夜复一夜播放着这些图像——
彼得说他刚刚从原子能的佛界归来,
肚子曾暴露在辐射里,他的肚脐旁有
一个柔软的黄斑,他哭笑不得地拉起他的衬衫
指出他皮带上方那致命的痛处,不知什么能令他痊愈?
如果我现在离去我就不会回来啦,彼得
继母伊蒂丝,哈尼姨妈和丽奥姨妈,克拉拉姨妈
与亚伯舅舅,我的弟弟吉恩与康妮还有他们的孩子,
我或许再也无法和他们相见。而此刻我又看着他们的眼睛,
这个不朽的梦到此完结。

       1985年3月2日,上午7点56分

道德多数派

维格里先生福尔韦尔罗伯森史华格先生你们也有邪恶的一面。
不能算是邪恶只是不了解那和男孩在一起的快乐
二十年代已经过去,紧身内衣贞操带鞭子
还有火刑柱,女同性恋的城市在你火红的眼睛里燃起熊熊烈焰
——魔鬼撒旦占据了你的身体
已有一千岁,两千岁烧毁了备受责难的萨福羊皮纸的诗稿
我处处都见到上帝的身影,唯独不是你们几个的模样
他长得像我,像全世界的每一个同性恋,
在刚果,在北美的城市,在里约西班牙人的聚集地——
他长得像薰衣草仙女,1890年巴黎沙龙里的莺莺燕燕,
像一条两面讨好的虫子,在阿拉巴马的停车场里交媾的公狗。
家庭,父母与布巴病没有什么错。
婴儿没有什么错。
福尔韦尔先生没有什么错除了一点小小的坏脾气
他不是上帝,只是个混蛋,总爱口出狂言
没有经验的《圣经》推销员
只会解释词语与字面意义,而把圣灵忽略
怀揣政治的野心,将穷人,
受挫者,与快乐而红润的孩子当作牺牲品——
我终于找到了佛陀,走进大静寂
穿过针眼,

回来时满心喜悦,笑着,慷慨的
大嘴里装满了欢声笑语,不是金钱,
而是蜜糖。

         1985 年 3 月 19 日

客　人

我后背有个地方很疼
第五节的腰椎与骶骨
肾结石呜呜哼哼
喝不了含钙的牛乳
高血不断上升
盐，不能沾
红肉，免谈
有时还会痛风

我已经五十八岁
朋友彼得远行未归
我该减掉十磅体重
每日仰卧起坐运动
和我疯狂的上师一起
准备面对冷酷的死
锻炼迎接健康的生
我这辈子懒得彻底

一点利，许多名
曼哈顿的小公寓
即便我存进我的名
钱包也不会胖几许
但我最渴望实现
是自己找点乐子
在男孩儿的肚子

我已迷失在上面

和大卫见面他脱得精光
来到我那张床上
他爬上我的胸膛
"我爱你，艾伦"他说
他爱抚，他摩挲
我的腹部，心和大腿
他欣赏我叹息的优美
贞洁与祝福伴随我入梦乡。

他拜访纽约一周
为和我同寝一室
看我写字的手，
为我拨云见日——
年轻，强壮的身体
由篮球运动打造
肌肉健硕肚子很小
"我们不能永远一起"

温柔的心啊，还是爱女孩
吸引他的是我的诗人身份
他卷曲的软毛压过来
在我的胸膛狂欢解闷
他温软的阳具变得粗大
我的心脏震着他的腰间
他的腹股沟向前挤压
他的双手搂着我的脖子

我抚摸着他臀部的轮廓

柔软，结实，并且温暖。
"我从来没被干过"
他鼓起勇气，我的胳膊
沿着他的脊椎
再回到屁股
试探他张开的缝隙
他准备尝试，舒缓腹部。

我缓慢进入，他很柔软
没有痛苦，他抬起屁股
软软绵绵，高高悬起
我顶，他不太在乎。
麻烦在于我是老糊涂
而这年轻的男孩
给了我机会愉快
我不够硬，也不够粗。

总算进去，"现在感觉如何？"
"还可以，有点怪怪的。"
面颊通红，睁着眼睛在枕头上，
他侧卧着，一动不动——
我不敢继续，他会怎么说？
但他向我贴了贴
稳定我们的连接
我一路向前，废话不多。

我的勃起中少了点什么
但我也只能这样，它管事
我慢慢地干他，然后
加快了速度，他手淫时

他的屁股翘起帮助我释放
我问他好吗,他说"可以,"
我抬起他的臀,抱着他的胸肌,
我爱的液体在他体内冲撞

第二晚我们相拥而眠
贞洁无比,爱意满满
我整整一天泡着电话线
但我抱着他,钢丝床上面——
他的兴奋并非来自我的身体
我不敢期望他的性爱
这周过去后,我是否还想见面
如果我不得不孤枕而眠?

1985 年 3 月 24 日

安提帕特之后

我曾上气不接下气地爬过长城陡峭的石阶
曾坐在雅典卫城大理石门槛旁灰色的破石柱上
曾经从那些啃着佩滕热带雨林的植物的恐怖且刺鼻的昆虫旁边经过
我曾和我母亲的亲戚们在高悬于哈德逊河的世贸大厦顶楼一起吃过牛排
曾睡在回音声阵阵的穹顶下为慕塔芝·玛哈的白骨唱起挽歌
曾站在落雪的红场从克里姆林宫这暗害过数百万人的墓穴高墙下走过
曾经爬上塞维利亚吉普赛人的露台,神圣家族大教堂有裂痕的尖塔,用我父亲的眼睛从圣马可广场的高廊向下凝视
曾在布鲁克林大桥上驻足面对着曼哈顿黄昏中闪闪发亮的摩天楼,走过金门大桥在太平洋之上漫步
但是,当你和我共枕同眠,当那白色的被单盖着你的下体,当你的双目凝望着我
这些奇迹就在我脑中烟消云散,我的心放肆地呼吸,我看到了生命的荣光正赤裸地将我回望。

1985 年 3 月 26 日

《希腊诗选 III》,第 9 卷,第 58 条妙语,洛布本,第 31 页

对太阳草率下结论

真诚
是把
通往永恒的
钥匙

如果你爱
那个天堂
请继续这样，
看看周围
听听电视的
声响，
不要嘲笑，
闻你的血
尝尝你不赖的
贝果与鲑鱼
洗你的袜子
默默木头，
充分理解
就在此刻
原始智慧
全然明了
这便是
狂热的才智
令你去爱
地球苍生，

勇者之家，
把你的坟墓
留给明天
现实在这里
没什么可怕
没什么可叹
没什么可死
在你离世之前
精神的哀鸣
愚蠢的宴请
用你自己的肉
绝妙透顶
非常伟大
不朽甜蜜
不测深渊
令你哭泣
就这一次
别当傻瓜
脱下帽子
听我来讲

真诚
是把
通往永恒的
钥匙

眼见为实
智慧增持
令你的身体
不那么粗鄙

令你的灵魂

变得完整

终于，遁入空门

说不清道不明

易变，完全

无可争辩

平权行动

不为一派一别

为所有的人

包括女人，

母亲兄弟

也为你

亡魂，不舒服

很快变成

呼吸沉重

阴茎充血

散步

从河边步道向北

百老汇大街

一个满面春光的同性恋

在纽约

甩着阳具

甩着思想

或你的后部

你多肉的假面

华丽的任务

予取予求

犹如纯净的空间

永恒

给予你一席之地——

去看看这个城市
日日矗立
夜夜笙歌
星河闪烁
川流不息
湿润的草坪
沉沉的雾霭
被太阳温暖
又被月光浸润
六月的绿草
只存在八十个昼夜
何来寂寞
玫瑰盛开
塑料垃圾袋中
蟑螂欣欣向荣
蛆虫拯救
你的死肉
骏马大嚼
金色的干草
于金色的清晨
小孩子们蹦来奔去
在城市的垃圾堆里
用你喉头
那个肿块
唱吧
唱出神圣的旋律
那来自心的欢愉
在这日夜不息
流动的光亮里

真诚
是这永恒里
受到祝福的
钥匙

1985年4月5日

凯迪拉克粗粝的尖嚎

我在十二层楼的供凳上打坐,突然听到成衣区传来一阵狂乱的警笛声
听见狗在派克大街打架
我的脑袋隆隆作响布朗克斯第二百四十二街列克星敦大道车辆穿梭
孤独的麻雀叽叽喳喳地站在从1860年流传下来的风化褪色的铜绿色檐口
脚步声喧嚣,零钱在佛堂锃亮的地板上叮当作响
滚滚车流在1985年的海岸匆匆而过
阿道夫·希特勒在出租车喇叭里演讲
女高音般尖利如划钢板一样刺耳的雪佛兰轿车的刹车声
地铁中的气息从帝国大厦的瞭望台升起
冷酷的铁门轰然关闭
骨头在我膝盖的前厅里吱嘎作响
听到那一声长长的凯迪拉克汽车喇叭在砖楼之间的小巷里发出粗粝的尖嚎
一千所摩天楼里电梯上上下下
错综复杂那些橡胶与钢铁织物在沥青的廊道中循环往复
向着曼哈顿的百老汇大街排成一氧化碳的废气
我听到天空已经闭嘴
听到枝繁叶茂的布朗克斯树林中的交谈
听到非洲的叹息
亚洲在它的铺板上辗转反侧
血从南美洲的岩石流过
听到中美洲从铁门里把自己的肋骨挤过

中东在打仗时炸弹爆炸后发出刀叉杯碟碎裂的巨响
玻利尼西亚人和细菌起舞
听到日本群岛上用筷子夹起米饭和豆荚后咀嚼的声音
听到澳大利亚咯咯作响的木管音乐在世界尽头的辛普森
沙漠中吟唱

1985年6月16日下午3点33分,纽约法界

我不知道的事情

黎明，一条大驯犬在街对面贴着'出售'字样树后的门廊上嚎叫

不停地叽叽喳喳不停地叽叽喳喳叽叽喳喳小鸟在枫树干上叫个不停，

烦人！

我醒来，那是一只什么鸟，又是哪一种狗那样地叫？

是一棵枫树还是橡树，在梅普尔顿街上？在后院里的，是什么样的花儿野草与蕨类？

是哪个牌子的车在呼啸？一辆旁蒂克，从街上冲过，

一辆雪佛兰，福特，一辆斑马，一个文法学者，还是个四轮的通用汽车？

昨夜我在多云的蓝天里看到的是猎户座星带上的哪一颗金星？

还是蔚蓝中的一颗琥珀？我的眼睛跟随着

他的箭经过北极星将空虚穿透，那可是一道小小的银河在闪闪发亮？

人马座在哪里，螺旋星云的中心何处藏匿着黑洞？

何处是有一百万的孩子正在挨饿的萨赫勒？何处是威尔逊的中央情报局训练恐怖分子的利比亚？

海军陆战队在这个世纪在尼加拉瓜到底举着肮脏的旗帜登陆过几次？

谁杀了罗克·道尔顿？美国国债现在规模几何？

我们在八十年代结束时每年又要偿付多少的利息？

此刻鸟儿安静了下来那狗的吠声也渐渐远去，微分学是什么？你该怎么修电插座的线路？

我曾经知道每一种矿物的名字。我还记得针钠钙石与石棉的碎片。

人们是如何克服开车的恐慌？鸟儿的骨头是不是空的？我可曾见过白头翁与猩红比蓝雀的模样？

卷云还是积云，是哪一种云孕育了雷鸣，闪电，和雨？

电池里什么样的物质储存着电力？我的风力充电器如何在摩擦中产生电力？

当水流进水泵锤里的时候，是什么令它从阀门关闭的压力室中喷涌而出？是不是那样？差不多吧？

什么是适应于共存层创进化的食物链中的十二幅图像？

瞎眼的男人，制陶工人，猴子树，船的世界，有七扇窗户的房子，在那个男人的眼睛被一支箭击中之前会发生什么？

银行是什么？什么是普通股？什么是优先股？什么是期货？

你如何安装大门，为玻璃装框？手持一把轻型电锯？

如何为断腿接骨？使心脏病缓和，为一个孩子接生？为海边濒死的家伙做人工呼吸？

哪一种政府不帮倒忙？谁设计出英语的扬抑抑扬格？

这并不是鸡毛蒜皮（如何能在上面纠缠？）这是我的人生，我已经记不得

那些律师和我的学生，我四十年前在大学里朋友们的名字——

如果我不能写诗，又能怎么过活？

我会不会就能懂得如何种豌豆，捆扎番茄的茎秆？

1985 年 7 月 21 日

四海问候

(1986—1992)

我将试着说一些粗鲁的话，
我希望你也试着粗鲁地听。

序言：北京即兴

我写诗因为英文单词的"灵感"来自于拉丁文的"呼吸"，我想自由地呼吸。

我写诗因为惠特曼让全世界都有机会开诚布公。

我写诗因为惠特曼解放了诗歌的韵文让我们不受限制地呼吸。

我写诗因为庞德锯断了象牙塔，在输家身上下注，让诗人有机会使用口语方言和成语。

我写诗因为庞德向西方诗人展示了中国的汉字。

我写诗因为 W.C. 威廉姆斯住在卢瑟福写出新泽西式的"我踢你的眼"，请问，那该如何用短长格五音部来衡量？

我写诗因为我妈妈是诗人我妈妈从苏联来说共产话死在疯人院里。

我写诗因为年轻的朋友加里·斯奈德坐下观察自己的想法像是外部非凡世界的一部分就像一张 1984 年的会议桌。

我写诗因为我受苦，向死而生，肾结石和高血压，每个人都在受苦。

我写诗因为不知道其他人怎么想而困惑苦恼。

我写，因为诗可以展现我的想法，治愈我的偏执和其他人的偏执。

我写诗因为我的思想漫游在性政治佛法冥想。

我写诗为了给我的思想画一张精确的速写。

我写诗因为我发了菩萨的四弘誓愿：一者誓度一切众生，二者誓断一切烦恼，三者誓学一切法门，四者誓证一切佛果。

我写诗因为这个早上我颤抖着醒来吓得够呛我能在中国说哪些话?

我写诗因为俄国诗人马雅可夫斯基和叶赛宁自杀了,需要后面的人顶上,说话。

我写诗因为我的父亲大声背诵英国诗人雪莱和美国诗人林赛做出了范例——大嗓门启发呼吸。

我写诗因为写和性相关的文章在美国受到审查。

我写诗因为从东到西的百万富翁坐着加长劳斯莱斯飞驰,穷人攒不起钱来补牙。

我写诗因为我的基因与染色体爱上了年轻的男人而不是年轻的女人。

我写诗因为我没有日复一日的教条主义的责任。

我写诗因为我想自己待会儿也想和人说话。

我写诗去和惠特曼说话,和十年后的年轻人说话,和我仍然住在新泽西州纽瓦克的老叔叔老婶婶说话。

我写诗因为我在1939年的收音机上听李德·贝里和梅·瑞倪的黑人布鲁斯音乐。

我写诗受到青春盎然的披头士音乐渐渐成了老歌的启发。

我写诗因为庄子不知道自己是蝴蝶还是庄子,老子说水往低处流,孔夫子说给长辈争光,我想给惠特曼争光。

我写诗因为从美国的西部到蒙古过度放牧的牛羊侵蚀了草原变成沙漠。

我写诗磨损着动物们的蹄铁。

我写诗"最初的想法,最好的想法"永远是这样。

我写诗因为想法只有在以分钟衡量时才有被理解的可能"没有想法,只有存在。"

我写诗因为西藏的喇嘛上师说,"事物和象征一体。"

我写诗因为新闻的标题是我们这个星系中央的黑洞,人人都能看到。

我写诗因为第一次世界大战,第二次世界大战,核武器,和如果我们想要就能有的第三次世界大战,我可不需要。

我写诗因为处女作《嚎叫》不被允许发行被警察迫害。

我写诗因为我的第二首长诗《卡迪什》荣耀了我母亲在精神病院的圆寂。

我写诗因为希特勒杀了六百万犹太人,我是犹太人。

我写诗因为莫斯科说斯大林放逐了两千万犹太人和知识分子到西伯利亚,有一千五百万再也没有能回到圣彼得堡的迷路狗咖啡店。

我写诗因为我在孤独时歌唱。

我写诗因为惠特曼说过"我反驳自己吗?好,我反驳自己(我很大,我包含很多个我)"

我写诗因为我的思想会自我反驳,这一分钟在纽约,下一分钟在阿尔卑斯山。

我写诗因为我的脑壳里有一万种思想。

我写诗因为没有原因和因为。

我写诗因为没有办法把脑袋里的东西用六分钟或者一生说出来。

1984 年 10 月 21 日

开场白：拜访父亲与友人

我上了高地抵达这位女士的寓所。
格里高利在那里，穿得像只丝绒猴儿，
胡闹着大笑着，收拾优雅，翻着
前空翻，和女主人你一言我一语，
熟悉的女孩和夫人们，像喂婴儿的一样喂他。
他看上去很健康，精神焕发，整夜未眠
聊着珠宝，摆弄他的表，头发盖住了眼睛，
从一个公寓跑到另一个公寓。

尼尔·卡萨迪粉扑扑的小脸充满神情又一脸无所谓
和他的伴侣在离中国很远的地方找乐子
回到中国 1950 年到 1980 年的往昔仍然
在大街上摇摇摆摆，沿着河边大道[①]一路步行。
他拥抱了我，把注意力放在了那晚的姑娘们身上
在酒吧、公寓和街上神出鬼没，
他继续耍着猴[②]浪费着他
和其他人的时间难以理解，可能他做了些什么
使我们每个人免于犯罪，政治战争，或是
比战场上炮弹的噪音更愤怒的和平示威。
他需要一个地方睡觉。

[①] 纽约曼哈顿东侧的一条路。
[②] 原文 jackanapes，也做顽童、无礼之意。

然后我的父亲出现了,孤苦且健康
还是一个人住在隔壁街区的公寓里
在彼得一直住着的公寓高地附近,我不知道
路易斯最近住在哪儿,我脑中对于他的居住情况
一片空白,因为我从没有足够的好奇心去看他——
但既然我今夜无处可去,想着最近为什么没有拜访他这件事,
我便问起可否去他那边睡一晚

他的公寓有卧室和浴室
这河边大道宽敞的犹太公寓住了许多难民,
都是被希特勒从欧洲赶出来的,
我父亲的家——我金门,他指着沙发
跟我说可以弄得舒服点,我睡下,但很快就醒了
看到他拖着他的床垫向我这边走来——
他凑合睡在那个我多年前扔掉的一寸厚的绿色海绵橡胶床垫上,
冷冰冰的垫子放在地下室仓库水泥地上——
就是那样!他为了我舒服点把床让给了我!

不不,我说。把你的床拿回去,睡舒服点
你累了你应该睡舒服点,你竟然还这么大精神,
很抱歉我之前没来过你家,因为我不知道
你住在哪,才知道你就住在彼得家北边一个街区,
对我和尼尔和格雷戈还有姑娘们都那么热情,老波希米亚的热心肠
不要这么睡在地上我去睡你的地方睡在垫子上睡一晚上好吗。

我上楼，欣慰地看到他有个不赖的地方能睡上一觉，再在中国醒来。
彼得还活着，尽管有酗酒的毛病，尼尔已经死了
比我父亲路易斯走得还早，看不到
他微笑的样子，怪不得我没来过这地方
他十年前就退休了，看到他在家是多么好，我踏实地收下他慈父般的照顾
在生者与死者之间。我现在要去洗脸了，穿好西装
北京时间早八点准时到我的诗歌讲台，
路易斯在新泽西的坟墓在世界遥远的另一边。

      1984年11月16日，早6点52分
        保定，中国

带领世界寻找美丽反对政府

  这是那唯一的路,使我们能像印第安人,像犀牛,
  像石英晶体,像有机农业中的农民,以我们想象的方式
生活
  亚当和夏娃曾经就是这样,用颤抖的四肢爱抚着彼此
  在那条性爱革命的蛇缠绕着智慧树之前?罗克·道尔顿
最近开些什么玩笑
  他的牙齿上上下下喋喋不休像一挺机枪就在他和他的决
斗者们争论着
  无数策略的时候?有必要用一颗大炸弹把美国佬全都
炸死
  没错,但不要自己下手,最好咨询一下你妈
  获得正确的思想路线,如果没有咨询就会像兰波一样被
截肢
  或像列宁在他第二次中风后通过夫人克鲁普斯卡娅传口
信到无礼的格鲁吉亚人那里,在他那致命的发作之前契卡的
副官就在门外守候
  他的门冷冰冰地锁着为了保证他的事儿顺利进行
  不需要移动——是什么样的疾病从他的胃部转移到了
大脑?
  在那辆饥饿的火车上将自己的胃展示给太阳的赫列布尼
科夫在想些什么?
  或者是在被一颗子弹射进头颅之前的马雅可夫斯基,乌
克兰集体农业部官僚的战场上进行着何等尖利的宣传战?
  在未来,未来主义者有什么样的标语持有党证的人将会
唱起什么样的赞歌

在带领世界寻找美丽反对政府的道路上?

1986年1月27日

苦 工

午夜之后，第二大道，山葵酱配牛肉
摆在基辅餐厅的木头桌子上——
荞麦炒蘑菇味道不错
我想着我母亲在1905年
从白俄罗斯逃离哥萨克人的模样
五年计划有用吗？
我是个斯大林主义者吗？是个资本主义者吗？
是个恶臭的资产阶级吗？是个堕落的赤化分子吗？
不，我是个同性恋长着紫色翅膀头顶白色的光环
洁白透明就像一天的忙碌后
在基辅餐厅易性癖的荧光灯下
那半透明的洋葱圈

      1986年2月17日，中午12点35分

货币周转率

致李·伯顿

  我高兴地看着货币周转率呼啸着穿过下东区的一扇又一扇窗户
  高兴地看着摩天大楼拔地而起看着第八十四街人行道边破旧的老房子轰然倒塌
  高兴地看着今年的通货膨胀把我丢到街上
  使用资本家的世界中两位数的利率
  我一直是个共产主义者,我们必将胜利
  如同高利贷让墙壁变得越来越薄,让书变得越来越厚也越来越愚蠢
  高利贷令我的诗歌更有价值
  手稿的价格能以无用的黄金来计算——
  那周转率不停累积如同国债数万亿地增长着
  每一个人都追着上涨的美元后面跑
  这一大群跑步的人沿着百老汇经过市政厅跑向美联储
  再没有人读陀思妥耶夫斯基的书了,他们得把自己的耳朵竖起
  听我说一些掺杂在总统演讲里的胡言乱语的碎片
  没什么大不了,只不过经济崩溃而已
  这样我便能去睡个好觉直到房东在法庭上赢取了他的驱逐令

        1986年2月18日,上午10点

括约肌

我希望我的老屁眼能挺住
六十年来它干得还不错
尽管在玻利维亚做过肛裂手术
但好歹在高原的医院里活了下来——
有时流点血,但没有息肉,不定期地
偶发痔疮
活跃,渴望,能容纳阴茎
可乐瓶,蜡烛,胡萝卜
香蕉与手指——
现在艾滋病让它畏缩,但仍
渴望去服务——
出去的是屎,进来的
是带着避孕套送来高潮的朋友——
它仍然红润又强健,
不羞于为快乐而门户大开
但再过二十年谁知道呢,
老伙计们一个一个地出问题——
脖子,前列腺,胃,关节——
我只希望这老屁眼永远年轻
直到死,再放松

1986 年 3 月 15 日,下午 1 点整

消除愤怒

"把所有的责难都归到一起"

艾伦当你发火时你有两种选择——
喊着叫着把你的脑袋往地板上撞
猛拍餐桌,甩出租车的车门,
侮辱酒店的马桶
对着全国广播的麦克风乱吼一气,嘲笑
在厕所里注射毒瘾很深的女孩——
为什么不再更妙一点,展翅抓起你所有的愤怒
把它们装进垃圾袋
在百叶窗四周好好打量
只有你在这宇宙的厨房——
手在微微地摇晃,忍耐——
哎,我不想要这土星旅行,不了谢谢,
非常感谢,真的很不错但我拒绝在
星期一之前娱乐弗兰肯斯坦博士
这些裤子不合适,我能不能借你的借书证——
把你台风般的脾气吸进去,呼出一口
金斯堡胸中那温柔的气息飘向厨房的窗外
吹拂着春天羽毛般轻盈的仙女
举起一根大铁管
敲在乱发脾气先生的青菜牛肉面上再飞走
飞向曼哈顿,围绕着摩天大楼的塔尖
播撒银铃一样的笑声。

1986年4月24日,凌晨6点

梦中伦敦的一扇扇门

在伦敦客栈的木桌子上,读着基特·斯玛特——
上帝带他去海里寻找珍珠——直到眼皮沉重睡意渐浓——
便上楼到我寄宿的地方,那又高又黑
住在走廊对面的男孩刚刚拿走那吸完毒的船长的被单,把他房间的门大敞着,
他的房间里全是桃花心木与栎木的家具,一直排到衣柜边——
我凝视着他,唉,他可真英俊,比我最爱的皮肤光滑的少年
要老一点,这个小伙子的瞳孔是深色的,修长的四肢
腿和胸上都生着些许毛发,带着胡楂一脸微笑——
我打了个盹又醒来,从泥沼中回归,再次经过楼梯尽头
他的房间——他睁着眼睛躺在床上,我停下脚步——
接着转身穿过他的门,想在走回我租的房间前和他拥抱一下,
在这座奇怪的小镇里过的第一夜,我来这里
是为了给几个陌生人讲授爱情与诗意的奥秘——
我把自己投进他的怀中给彼此一个晚安的拥抱,
瞬间的惊喜像父与子互道甜蜜的梦一样温馨——
他用胳膊紧紧地揽着我,给我一个大大的拥抱,我一时愣住了——
比我想象的还要美妙!令人心旷神怡的友谊!——
在那里躺了一会儿,他的温度还在,自然流淌——
感激地抱了抱他的胸膛,草草地亲了亲他的脖子和脸

在我必须要站起来之前——但又不必走了
我用右脚把门勾上，关好，
现在这里只剩下我们。他把我拉到他的上方，抱着对方，
我把我的手沿着他的侧面游走直到他的大腿
他颤抖了，手摸着我的后背，我们开始在被单下折腾
大汗淋漓，他的皮肤像是光滑的肉，我们的拥抱时产生的温度
让人熟悉，友善的惊喜，我将被这副健壮的躯体疼爱，多久才能拥抱他的腰际？
抚摸他绵软的龟头？我自己的那玩意儿已经快乐地肿胀——
我的胸膛贴向他的胸膛，腿绞在一起，粗硬的毛发
在我的手下面带来些许的不适——我把手掌滑过他
黏糊糊的胃部，十分甜美并没有不悦的感觉，彼此的热气
令我俩惊异，在他这年代久远的房间里我们拥有隐秘的自由，
引诱对方去探索夜的快乐，鲜活的良知，健硕的思想，受宠若惊的快乐
在这黑暗中短短的八小时中在心里炙热无比——能做些什么？我亲吻他的心口
与耻骨附近的肚皮，他叹息着用呼吸在我的脖子上做出答复，
深情地揽着他的胸，胳膊缠着我的腰——我静静地躺着
双眼紧闭，脑袋躲在昏暗灯光下的白棉布里，
因为太热被子被蹬到一边——
门突然打开了！
"你得付清在晚上使用家具的租金"房东进门宣布。
"你得为水槽里的水和额外的床单付钱！租，或者买

下来!"

  他突然不说话了。他不知道他有没有注意到
在床单下隆起一块的我？但接着他就跑到楼下
去收别的账了，门半掩着。
  "到我的衣柜里去!"我的新朋友急切地低声说道，"第一个门就是!"——
  他镶着镜子的大衣柜上的把手卡住了，打不开，
和衣柜一样恐怖的是突然像老电影中的梦魇似的停了电——我看到
  我房间的入口就在走廊对面——"我会跑到那里，很快就能藏起来，"
  在那老家伙回来之前！一丝不挂地拖着床单与毯子我鬼鬼祟祟地穿过了走廊，
  悄悄接近我卧室的门后，时间够不够？唉呀，床单挡住了
  门框，堵住了入口，我紧张得要命忙把它们往回拽，
不停扯着这些尴尬的毯子的瞬间梦就醒了我发现自己
独自躺在春光灿烂的被单和亚麻床罩上，东十二街，
想起我在现代艺术博物馆，同孟加拉、马拉地，乌尔都
的诗人们混了一整夜。

1986年5月6日，凌晨3点10分

全世界的问候

致斯特鲁加金花环奖① 的得主们
与世界各地的吟游诗人，1986 年

起来吧，反抗政府，反抗上帝。
保持不承担责任的状态。
只说出我们知道的与想象到的。
绝对化就是压迫。
改变是绝对的。
平凡的思想中有着永恒的感知。
观察着生动的一切。
察觉到你所察觉。
捕捉到你所思想。
生动性就是自我选择。
如果我们不展示给任何人，我们便可自由自在地写作。
请将未来牢记。
只把建议提给自己。
不要狂饮暴醉就此归西。
两个分子的碰撞需要被人观察才能成为科学的数据。
测量的仪器决定了那爱因斯坦之后表象世界的显见。
宇宙是主观的。
沃尔特·惠特曼歌颂着人。
我们都是观察者，是测量的仪器，眼睛，对象，人。
宇宙也是人。

---

① 世界上最重要的诗歌荣誉之一，由马其顿颁发，金斯堡本人曾获奖，中国诗人北岛在 2015 年也获得了金花环奖。

头颅内的世界与头颅外一样浩淼。
思想是外层空间。
"人躺在床上和自己说的话,等于没有说。"①
"初心,上上之心。"②
思想是有形的,艺术是有形的。
最大的信息量,最少的音节。
句式简洁,掷地有声。
再加上些许奔放的土语,便是最佳。
辅音围绕着元音才有意义。
品味元音,领会辅音。
对象在她所见中浮现。
我们的所见也成为他者所见的度量。
坦率将偏执终结。

"五月之王"
1986年6月25日
博尔德,科罗拉多

---

① 出自美国诗人查尔斯列兹尼科夫的诗。
② 出自禅修大师邱阳创巴的同名诗。

第五国际

致比利·麦克维尔

现身吧,心灵的囚徒
现身吧,地球的神经症
灵魂深处风起云涌
神圣世界即将降生

再没有遮住我们双眼的牵绊和枷锁
再没有对思想的迫害,禁锢的规则
地球的一切都将重新开始
我们曾经是混蛋,现在要做愚者

这是一条聚沙成塔的路
我们一起去他那儿吧
这所国际疯狂智慧学校
或能将人类拉上一把

1986年7月
那洛巴

欧洲,谁知道呢?

整个欧洲的人都在问:"谁知道呢?"
水仙是不赖但明年的玫瑰哪里找?
卷心菜味道好但风控制它往哪飘
整个欧洲的人都在说:"谁知道呢?"

苦艾的天空将污染海洋:启示录
奥斯陆到雅典绵延的黑云启迪众国度
含铯的蘑菇与牛奶或将改变造物
整个欧洲的人都在说:"谁知道呢?"

穿过慕尼黑马克斯·普朗克研究所的公园
我的小臂和眉毛沾染看不见的炭灰一圈
自天堂落向我的身体,为我穿上新衣
整个欧洲的人都在说:"谁知道呢?"

在波兰醒来,枫树叶枯萎飘零
乌云不在天上而在地面,说不清道不明
孩子们在公园玩耍,脱得干干净净
整个欧洲的人都在说:"谁知道呢?"

给医生打电话,官方答案:"没关系"
一转眼又告诉我们把碘片吞进肚皮
三天后才知道被掩盖的切尔诺贝利
整个欧洲的人都在说:"谁知道呢?"

拉普兰的驯鹿被大肆捕杀，拉普人在领救济
卡芒贝尔奶酪被辐射，在苏伊士，是黄金
英格兰科茨沃尔德所有的羊市已关门大吉
整个欧洲的人都在说："谁知道呢？"

如果华盛顿州的一升的水里 X 射线为一
那有多少在明斯克的点心铺一杯奶昔里？
纽约大苹果的我们，还不是要吃地里长的东西
不吃毒玩意就得饿肚子，哥们，道理人人明晰。

  华沙机场，1986 年 9 月 12 日（与泰勒·史蒂芬）

抽搐的定格

在高中当你急急忙忙弯下腰在搪瓷饮水盆上喝水把门牙撞裂了的时候

或者张开嘴举起一块三明治指关节却感到一阵瘙痒发现一只蟑螂的时候

或者走下厨房储物柜的梯子感到脚下踩到了一团什么东西听到一只小软猫喵喵叫的时候

或者在叮叮咣咣的地铁上你旁边的女人在扣自己腿上的脓疮，把稠密的脓汁挤在她手指上的时候

或者当你把舌头贴在冬天冰凉的门把手上撕下一层恐怖的白肉粘在门框上的时候——

或者把你下面的那个小胖玩意儿脖子上的皮卡在他防雪服拉链的最后一节的时候

或者当你穿过八十五号公路看到双黄线涂过了地上一只死负鼠的时候

或是在聚会里举起窗台上半罐不太新鲜的百威啤酒往嘴里灌却尝到浮在上面的万宝路的烟头的时候——

或是在出租屋的二楼吵架把你的小妹妹推下了大理石台阶令她咬断了自己的舌头，不得不送到医院缝回去的时候——

或者当你在冰箱里抓起一块吃了一半的雀巢脆米果后槽牙的金属填充物里那一片锡箔出现刺痛的时候

或是中玩逞强游戏的时候摔了下来你的腿在高高的铁栅栏上劈叉的时候

或是在空手道道场里被人踢了一脚听见一声如树枝折断的声音再感到左前臂慢慢地有了麻木而悸动的感觉的时候，

或是在人行道上被绊了一跤把你上个礼拜左膝盖结的疤蹭掉了的时候

你或许会满脸痛苦，胸口起伏呼吸急促，寒意从肩胛骨蔓延到手臂，

要么你的脸可能会开始抽搐，括约肌酥麻异常一阵微弱的电流在你的阴囊释放。

1986 年 12 月 8 日

对 K.S. 的模仿

那年轻的孩子，恐怖的裸体，怪兽一样的政委，食尸鬼一样的鉴赏家，顶楼的卧室贴着紫色头骨的画，地上的烟头，感觉他在高潮后会把姑娘们勒死——在十三岁开始举重，一百七十五磅的肌肉男，他的父亲向他开枪，射偏，击中了门，他看到他母亲的小围裙，父亲扼住他的喉咙，六英尺四的醉汉，今天进了戒酒无名会[①]。安详的双眼，匀称的面容，老去的二十岁，耐酸塑料袋里包着的食尸鬼，无名妖怪，死亡恶魔，疯狂尸偶，埃尔姆街的精分噩梦堆在他的床垫边；他跟着我到处跑，拎着我装手风琴的箱子，保护我不受喝醉的西藏人的侵害，他爬到我的床上；我枕着他的肩膀，我感受他赤裸的心脏，"我的下面现在半死不活的"，他说他想把他切掉，那玩意儿已经不能勃起被人抚摸，他自己从未摸过，钢铁的双腿，"皮包骨的炸药"，结实的二头肌，他平滑的下巴上长出了六天的黑毛，双眼晶莹，"我也爱你。"

1987 年 3 月 22 日

[①] 于 1935 年在美国俄亥俄州成立的一个国际性互助戒酒组织。

我去看了场名为生活的电影

披着星,戴着月,一身泥,一路颠簸
沿着密西西比三角洲河岸向前跋涉
在克拉克斯代尔我寻着树影灯火跌跌撞撞
与我同行的黑哥们儿说了句"看见没,
伴儿来了。"——就像是满脸油彩的巨型犀牛
口鼻皆泥泞,耀眼的车灯划开雨雾,一辆接一辆的大巴
从我们身边经过,向着山上小镇的旅店与寄宿公寓
驶去。

和我一起的两个姑娘
蹚着泥巴和垃圾,在车轮留下的吸住她们高跟鞋的沟壑里,深一脚浅一脚地前行,缀着星星点点小亮片的宽松连衣裙上全是泥点子,这俩果儿知道怎么去感恩至死乐队的英雄豪杰们八百年前落脚过的休息站。坡上我爬到一半,有只大蛤蟆跳到了我的脚前面,我缩到一边,刚刚放弃了用皮鞋踢开它的念头,另一种动物的蹄子又飞奔过我眼前——

这个后背鲜血横流的小怪物,从捕猎者旁一只大眼蜥蜴夺路而逃,还有个卷着尾巴的老鼠一路撤退拐弯儿从泥泞直取排水沟。我前面还有一大段坡要爬,不知俩姑娘上去了没有,我继续前进,只想早点重归我的小团体。

快活的恶作剧者们和他们上了年纪的骄傲在孔雀毛的床上横躺竖卧,闪闪发亮的聚酯镜子墙面,迷幻药的母亲们手持七彩光芒的录音机,
蓄长发的汉子,憔悴的六零年代掘金者们从夜色中聚拢
休息、洗澡、煮意大利面,照顾他们的孩子,
围坐在车里的碳火盆边叼着烟斗讲述印第安传奇;

这些深不可测的美国寻梦人,
多年后,我再次混迹其中,独自沿着小路
在村镇的酒吧街和阳光灿烂的城市里寻找爱侣,
雨天与晴日,积雪与春蕾铺缀的后院砖墙,
铁幕后方不祥的冒险经历。
我们都老了吗?我将我这些日子的男友们唤起,
他们别着枪,叼着烟在墙角点唱机电子布鲁斯的音乐里跳舞
满屋子炖杂碎和火腿的味道,旧日报业媒体的宠儿们
一间屋接一间屋地漫游过去:五角大楼的难民艾尔斯伯格,
鸽派元老戴利格在铸铁浴缸里沐浴胃壁上打了补丁
阿比·霍夫曼解释着城市政治的神圣手笔里的自然策略,
水银信使乐团的乐手们,伯克利的演说家和跟在他们屁股后面的
从不洗脸穿着袜子的半大小子们,酷爱下棋和拨弄被粗糙的指甲弄得破破烂烂斑鸠琴的酗酒大叔们。
肯·凯西哪去了呢,他今晚应该在某个大城市为那些地狱天使们
搞催眠派对吧,大概已经把听众从舞台边或收音机前死死抓牢,
尼尔应该在洛思·加图斯照顾他的女儿们,
安慰他老婆的神经,在卧室里仰头灌下安非他命,
或是什么镇静剂,求得睡过此夜,迎接明天那被烟囱、铁路、依山而建的火柴屋旁的高速路包围的湾区大狂欢节的工作。
年轻的电影明星和银胡子们一起穿过巴士组成的走廊寻找电影办公室里的迪伦,
尘封的角色们再次摇摇摆摆地现身,

唱片里的词句正在列宁格勒和上海被歌唱，
他们那些戴着玳瑁眼镜和佩斯利螺纹披肩的老婆们
正用毛巾照看煮着意面酱和野味儿的热气腾腾的大锅，
松鼠肉或羊羔肉，还有那些露出大黄馅饼的烤箱——
我应该爱谁？是这个戴着皮帽子的，金色头发
身形健硕中年左右，面部因为一肚子坏水儿而扭曲，
手持啤酒一瓶靠着厕所墙边的这位么？有个面熟的吃软饭的
那玩意儿硕大的，脑袋上一根毛儿没有的医学院学生刚好走过，
脑子里已被解剖学作业占据，卷烟来抽，他粗壮的手指
与胸同高，目光低垂落在烟纸和烟草上。
我将爱侣们一一过了遍筛，没有谁的美是刻在我心上的，
这地方对于本人能提供的爱慕已经厌倦了，
我的双眼对他们来说已太过熟悉。我找不到谁与我
同床共枕再用他赤裸的躯体将我唤醒，
在我从睡梦中睁开眼皮的中午看到桌子上已经摆好
炒蛋，燕麦粥，玉米粉，或热腾腾的辣香肠的早饭
我四处游荡，穿过一辆又一辆巴士寻找新的面孔，
比这些拉家带口狂饮暴醉满脸皱纹诡计多端的老狐狸们，
比这些电子艺术品和画，比这些化学天才音乐出品人紧皱的眉头，
这些雄心勃勃的政客，比这代人的电影大结局里扮演着奇异角色的哼着歌儿的女人与那些粗俗的情人们要年轻的面孔。
摄影机运转着，跟随着我，难道我就是这部电影的焦点所在？
这些脸我很熟，我带领着这台躲不开的摄影机走过一间

又一间房，

一扇烛光闪闪的车窗边我停步去观察这辆吉普赛的智者们穿越美国的魅影篷车

这里有围着煤炉嘟嘟囔囔的中老年摇滚明星，滚石杂志和纽约时报上轮番轰炸的大腕儿们，生活剧团的男男女女，在我走向驾驶室的路上这些面容憔悴咄咄善变的家伙抬起骨瘦嶙峋的手向我问好，尼尔的座位上只有破烂的旧手套在等待他从铁路局下班回家，曾经上过我课的小孩儿们从一辆又一辆巴士里向我无精打采地问好，摄影机一直尾随跟拍。我演哪位来着？

我其实和这些光环渐弱的老英雄们不算熟，还有这些来去匆匆的友好陌客，

这些年我真是好为人师，博尔德，曼哈顿，布达佩斯，伦敦，布鲁克林。

为什么今晚要尾随着我穿过这一望无际的巴士走廊老家伙们的聚会呢？

这是场电影，还是真实呢，如果我转过头看着镜头是不是就能打破这个场景，

融化这预谋已久的幻象，这是迷幻艺术，还是我人生就是如此？

摄影机存在吗，那画面在我眼前流淌得如此平顺，怎么可能存在

这样一个隐形的摄制组跟随着我无声且平稳地

一辆车接一辆车一个房间接一个房间地

在这七彩大篷车组成的迷宫里打转？

这里不是电影院，我也不是什么友情出演的纪录片客串英雄，

我只是独自迷失在这被熟悉的陌生人填充的旅行车阵里

还在寻找着性爱天使求得一点凡间的快乐

和在圣马克同性恋酒吧寻找猎物下手没有任何区别

夹克领带，徐徐银须，钱包被现金和卡片塞得鼓鼓囊囊，废物一个。
微光出现在我面前的门帘后！我的心
跃向了这放荡的房间，一屋子年轻人！
体态轻盈，皮肤光滑，通体雪白，年轻小伙们
乳头凸显的胸部在窗帘后面发光，男性部位大腿根缠绕紧实，
这就是我今晚闭上眼就出现的苦苦久寻之地——我推门就进
挑开被烛光下赤裸的膝与肩映得雪白的门帘侧身而入——走进了须臾间银光闪闪忽隐忽现的快乐城堡空空之门，
眼花缭乱间我的手伸向这些青春洋溢看得见摸不到的躯体却只有空空的房间，
我在昏灰的地板上躺下试图寻找这些鬼魂的四肢一丝的光芒
闭紧的眼皮一阵狂跳，床上醒来的我恢复了意识
回到了东十二街我四白落地的房间里
威尼斯风格的板条百叶窗外的纽约之晨

1987年4月30日，凌晨4点30分至6点25分

那光显现的时候

慢板

你会一丝不挂你会成长你会祈祷你将明白
那光显现的时候，孩子，那光显现的时候
你会歌唱，你会爱你会赞美湛蓝天堂
那光显现的时候，孩子，那光显现的时候
你会呜咽，你会哭泣你会反胃你会叹息
你会睡去，你会醒来你会明白自己是什么
那光显现的时候，孩子，那光显现的时候
你会来，你会去，你会徘徊不定
你会绝望地回家，你会琢磨一切关我屁事
你会口吃，你会撒谎你会向人人恳求答案
你会咳嗽，你会撅嘴你的脚趾会痛风
你会跳你会叫你会对你的朋友苛求抨击
你会骂你会抵赖，你会说自己眼睛干涩
你会滚你会摇，你会掏出你的屌
你会爱，你会哀悼，某日你会相信
你微笑，你吹口哨，而上帝正在锤炼你
你会传道，你会在骄傲的布道台上沉寂
一切会很快，或很慢，都一样你无处知晓
那光显现的时候，孩子，那光显现的时候

1987 年 5 月 3 日，2 点 30 分

在持明上师邱阳·创巴的火葬仪式上

我注意到了草地,我注意到了山坡,我注意到了高速公路,
我注意到了泥土路,我注意到了停车场里成排的汽车
我注意到了检票员,我注意到了钞票,支票与信用卡,
我注意到了巴士,注意到了哀悼者,我注意到了他们的孩子身上的红衣服,
我注意到了入口的标志,注意到了休息室,注意到了蓝色和黄色的旗帜——
我注意到了信徒,他们的卡车和巴士,穿着卡其布制服的警卫
我注意到了人群,注意到了雾蒙蒙的天空,注意到了到处弥漫的笑容与空洞的双眼——
我注意到了枕头,上面有黄色也有红色,方形的枕头与圆形的——
我注意到了花门,人们鞠着躬从下面走过,穿着礼服的男人和女人列队前进——
注意到了队伍,注意到了风笛,鼓,号角,注意到了高高的丝绸头冠与藏红色的长袍,注意到了三件套西服,
我注意到了轿子,华盖,一座用宝石镶嵌的四方色佛塔①
琥珀代表着豁达,绿色代表业报,注意到了代表佛陀的白色,代表心的红色——
佛塔顶端的十三世界,注意到了铃铛的把手与华盖,那

---

① 指西藏山南地区的桑耶寺,佛塔颜色分别为白、红、墨、绿四种。

空空的高岭土烧成的瓷铃——

注意到了遗体正被安放在铃铛的顶端——

注意到了僧人正在念诵经文，号角在我们的耳朵里悲鸣，烟从耐火砖的顶端上升铃声空寂——

注意到了人群安静了下来，注意到了那智利的诗人，注意到了一道彩虹，

我注意到了上师已经离世，我注意到了他的导师祖露着胸膛看着遗体在佛塔中燃烧，

注意到了哀悼的学生盘腿坐在他们的书本前，吟着虔诚的经文，

摆出神秘的手印，响铃与铜管乐器在他们手中发出雷霆之音

我注意到了火焰窜到旗帜、网线、华盖与橘色的竿子上方

我注意到了天空，注意到了太阳，一圈围绕着太阳的彩虹，轻薄的云雾飘过太阳的身旁——

我注意到了我的心正在跳动，气从我的鼻孔呼出

我的双脚正在行走，双眼正在观看，注意到了烟在焚化处的纪念碑上空蒸腾

我注意到了那条下坡的小路，注意到了人群正在走向巴士

我注意到了食物，莴苣沙拉，我注意到了导师的缺席，

我注意到了我的朋友，注意到了我们的车那辆蓝色的沃尔沃，一个年轻的男孩握住我的手

我们的钥匙在汽车旅馆的门上，注意到了昏暗的房间，注意到了梦

又将它忘记，注意到了早餐时的橙子柠檬与鱼子酱，

我注意到了高速公路，瞌睡，未完成工作的构思，那个男孩在微风中长着乳头的胸膛

就在汽车驶下山坡经过绿色的林地向水边开去的时候，

我注意到了那些屋舍，阳台们在远眺雾蒙蒙的地平线，
沙子中石柱和斑斓的岩石
我注意到了大海，我注意到了音乐，我想要起舞。

1987年5月28日，2点30分至3点15分

七 尾

被万丈的高山流水洗脑
双腿在走过四界①后获得了洁净
眼中万里无云如同鹿儿岛的天空
新鲜的擦伤令人惊异地结痂
舌头鲜活如同春天的鲑鱼
七尾的双手牢固无比,握着的笔与斧子如星星一样坚利。

与彼得·奥尔洛夫斯基
1987年6月

---

① 也称四大,在佛教典籍中指地、水、火、风。

征友启示

"给我寄张照片,我也会给你寄我的"

——罗伯特·克里莱

诗人教授在秋意正浓时
寻觅伙伴伴侣保护者朋友
有着慈悲的灵魂与旺盛
精神的年轻爱人,心胸坦荡,帅气
拥有运动员的体格与无边无际的思想,勇敢
的战士也可像女人与姑娘一样,没有任何问题,
请来下东区的公寓分享这张冥想的床,
一起去点醒人类攻克世界的愤怒与罪行,
惠特曼布莱克马·雷尼与维瓦尔第赋予我们权力,
常常思虑艺术最原始的威仪,不对男性有过度崇拜
顽皮而无害的奴隶或是主人,极致的温柔被时间洗刷,
摄影师,音乐家,画家,诗人,雅皮士或学者——
请来纽约找我,这和孤独为伴的孤独者
女精神医师对我说从自己的生活中挤出一点时间
给某个你可以叫做亲爱的和甜心的人,他抱着你这个宝贝时
会兴奋无比,并把他的脑袋安放于你心口的静谧。

1987 年 10 月 8 日

《宣言》

为卡洛斯·爱德蒙多·奥利[①]而作

我是宇宙之王

我是身携崭新天命的弥赛亚

不好意思我踩到了钉子。

一个小错误

或许我不是天堂的资本主义者

或许我只是一个在珍珠的宝塔下

打鼾的守门人——

不,这不是真的,事实上我就是上帝本人。

和人类没有一点关系。不要把我

和那帮懦夫联系起来。

在任何条件下,你都可以相信

我说的每一个字。

1987 年 10 月 31 日,纽约,加油站

[①] 卡洛斯·爱德蒙多·奥利(Carlos Edmundo de Ory,1923—2010),西班牙先锋派诗人。

致雅各布·拉比诺维茨

亲爱的雅各布我收到了你的译稿,麻烦你
还自己掏钱把它印出来,
这津津有味的阅读是我最愉悦的一次——
能当你的朋友真好,卡图卢斯死后的这两千年,
诗歌或诗学、爱人或爱情都没有变化
我们三个人那些熟悉的对话,
与熟悉的眼泪——还记得十年前你拒绝睡在地板上
赤条条地跳上我的床吗?我那时已有
半个世纪的年岁,你乳臭未干,把你的
屁股明眸纯洁的身体供我享用整整一月
你真是个小骗子,我怎么可能知道你是第一次?
很想和你再次相约,只因耳边没有你青春的心跳,
回想起那时的你是否真的提出绑架我
到费城,克利夫兰,巴尔的摩,迈阿密,上帝
知道,拯救我于无聊的名与学术的利,
兰波与魏尔伦这对爱侣在穷乡僻壤的破屋子
牲口房家具齐全的房间里喝着豆子汤读爱伦·坡?
我们在彼此臂弯里的第一夜你冻得发抖我脊柱唏嘘作响
躺着直到黎明——青春期的爱情生活中包括一只你声称要
折磨至死的小猴子——你说过要带我去月亮的诚意有
几分?
可是你把你的屁股给了圣马克酒店雾气腾腾的浴室里的
别人
那年我跟随你到切尔西酒店吻着你的靴子

仍对你的身体充满欲望尽管你的红胡子已在生长。
三十岁的你仍然可爱,却早早对我的大肚子失去兴趣,
对着你青春的幻影手淫再无半点意义。
我,你初恋的天才诗人不顾低血糖,
虚弱,痛风,斜视与半秃——
读着这本书我感到自己重返青春,而非徒然老去,
最后是你将爱献给了卡图卢斯与诗歌
并亲自将这些译文付印,何等的谦卑之心。

      1987年12月2日,凌晨4点30分

地球祖母之歌

我沿着国会山边陌生的黑色中央大街独行
踌躇着哪条路能穿过菲尔莫尔到谷区中部的市政厅,
我走过几个街口,上坡迎面来了个只剩一把骨头的老太婆
挎着老奶奶包的老妇衣衫褴褛一步一停这地球的祖母
托着一辆装满瓶瓶罐罐与丝袜捆扎的废报纸购物车
一个人悠悠荡荡放声歌唱一路走向市府大楼

迟钝的根芽书写律法
从耶路撒冷到纽约市
贫穷的犹太击碎阿拉伯人的下巴
黑人把油腻的猪肉啃食
又有什么新闻在这星球?
华尔街的毒药片儿
巴勒斯坦人向犹太扔石头
洪水一路向下蔓延
年轻的士兵就要去死
老迈的总统身患艾滋
他们把蓝天搞到破产
薄薄臭氧层日渐消散
疯狂的人盆满钵满
州府是我个人财产
警长听由我来召唤
军队不过一群笨蛋
我要我的福利证

我要我的电影放映
我有十盏煤油灯
我已九十九高龄
这个城已经死去
这个国一路下滑
这个州拉开差距
我填不饱孩子们的嘴巴
我的名字叫盖亚啊哈哈
判我坐牢我就摧毁天空
没什么可争个高下爸爸
出生之日便可等待丧钟
亚当扔炸弹，报童恶作剧
骗子七嘴八舌聚在白宫
我的家不过是纸箱几具
他们谋害了海洋的子宫
撕碎你的福利纸
我去天堂填食饱肚
丢我到核桃溪市
我会向太平洋呕吐

醒来时她大概刚刚经过，她这不停即兴创作的街头打油诗史诗般的顺口溜在每个不朽的脑海中咯咯嗤笑一切涌现的思想都是对抗警察国家的绝佳斗争武器。

1988年2月13日，早上7点至9点

向费尔南多·佩索阿致敬

每次我在读佩索阿的时候我都在想
我比他更好,我能把相同的内容
写得更华丽——他不过是个葡萄牙人,
我来自美国,这二十世纪末世界上
最伟大的国家,尽管葡萄牙曾在十五世纪
拥有广阔的帝国,但现在也只能
蜷缩在伊比利亚半岛的角落
反之,看看纽约吧
尽管墨西哥城更为庞大纽约更为富有,想想帝国大厦
这座不久前矗立在世界帝国上的最雄伟的摩天楼——
尽管如此,我已经历了二十世纪中的六十一个年头
佩索阿直到1936年才走过了金黄的街道
他走进了惠特曼,我也便走进了佩索阿
无论他们说什么,除了死亡之外他都不会反对。

我怎么就比佩索阿更好了?
我驰名四大洲,我出版过二十五本英文著作
而他只有三本,大多数还是葡萄牙文,但这并不是他的错——
美国比葡萄牙更大
两万亿的国债仅仅是一场短暂的疯狂,
里根的卑鄙勾当,这所谓的美国世纪已经脱轨
不能代表我国诗人惠特曼曾吟唱的史诗
无论他如何口口声声地宣称自己胸怀民主的愿景
如同一个佛教徒不会喜欢我对于佩索阿的优越感

我很谦卑佩索阿十分狂热,这有本质的区别,
尽管似乎都是同性恋者——与苏格拉底一样,
想想米开朗基罗、达·芬奇与莎士比亚
还有无价之宝沃尔特·惠特曼同志
没错,我本人早年就被贴上了左翼的标签,这不过是小意思
自从开始破坏臭氧层,这个时代里反斯大林主义者
用放射性的反共思想毒害了整个地球。
也许这里面有几分谎言
这在作诗时偶尔为之,也只是为了保护其他人的名誉。
坦诚地毫无保留地讲述我母亲的种种,也是出自好意
佩索阿可提到了他的母亲?她很有趣,
拥有孕育六胞胎的力量
阿尔伯托·凯若·阿尔瓦罗·德·冈波斯·理查德·雷斯·贝尔纳多·苏亚雷斯与亚历山大一齐搜寻
还有费尔南多·佩索阿也是一名典型的性分裂者
困惑于第一人称是否已不再流行
在葡萄牙这小小的王国之外(直到最近变成了二流的警察国家)
让我说到重点,要么就把我的记忆清空
这些日子我很喜欢将金斯堡与佩索阿进行对比
人们在伊比利亚很少谈论任何英文书籍
近期,世界上最庞大的外交辞令已经在中国全境蔓延。
而且他又是一个无足轻重的人,他自己也承认,在那冗长的"向沃尔特·惠特曼致敬"中
鉴于他五英尺七又二分之一英寸的身高
稍稍强过世界的平均水平,毫不谦虚,
我在认真地谈论我与佩索阿。
无论如何他没有影响过我,在我著名的《嚎叫》
被翻译成二十四种语言之前我从未读过佩索阿的任何

四海问候(1986—1992)

著作,

  直到今天佩索阿影响了这焦虑的夜

  这 1988 年 4 月 12 日的夜,仅仅是对于他作品的匆匆
一瞥

  也在不经意间影响到了我,毫无异议

  但只不过是一页被翻译后的作品,很难就说有任何的
"影响"。

  说说佩索阿吧,他到底写了些什么?惠特曼

  (里斯本,海,等等)的方式尤为冗长,

  某些人说这是得了痢疾的嘴——费尔南多·佩索阿。

1988 年 4 月 12 日

1988年5月的日子

一

我踏过厨房的地板,死亡的念想再上心头,
日复一日,我醒来,喝柠檬水与热水,
刷牙,擤鼻涕,站在厕所前让那股黄色的热流
涌出我的身体,看着用帘子遮起来的窗户外,街对面
母佑会的罗马天主堂,多少年了
我总是清干净垃圾桶,把黑色的塑料袋发在人行道上,
在最后一只溏心鸡蛋煮好之前,
日复一日,不经意间看到我的圣坛歪斜的坐垫,看着,并叹息,
经过书架上希腊的抒情诗与军工机密的书卷?
春日的灰云在多少个清晨飞过了教区长屋顶
的木制猫头鹰,鸽子从路灯跃然而下落在铁篱笆上,我回到厨房
铁锅里正咕嘟着燕麦,我找了把木头凳子坐下,选了把勺子,
边喝我的粥边看着窗外发梦
臭椿已经发芽,绿意渐浓,海藻在多雨的亚特兰蒂斯,
这些树叶将在落雪后散尽,空留下光秃秃的枝杈在一月锈泽的风中?
快像的焦距堆在晾衣绳上,一个街区外的院子里可有烟囱管帽?
多少年了,就这么躺在床上抚弄着我的下体

或者在午夜的枕头上读着时代杂志,接电话,那电话无非是我的继母

或华盛顿的乔打来的,等着胖墩墩的彼得清醒而犹豫不决地

敲响试探晚餐的门,很少有访客,一生就这么悲哀地流过——你可准备好了每月的租金?

绝望的秘书们送来满满一捧的信——

我把自己的衬衫掖好,转动门锁里的钥匙,走下门廊的楼梯,

走进纽约市,克莉丝汀的波兰菜馆在第一大道东十二街的路口

坐出租车去上城的艺术博物馆或是拜访布朗医生,照个胸片,看看咳嗽是因为香烟还是感冒

打开收音机收听巴勒斯坦的新闻,听听莱德贝利在磁带中的哀怨之声,黑女孩,黑鬼,和平女神——与

波多黎各人在星期日登上水泥的台阶去教堂礼拜,一周又一周。

二

袜子在脏衣篓里,啪地一声打开厨房的灯午夜的冰箱

突然开始运转,被阳光晒干了的西红柿,柔软的瑞士奶酪与火腿,菠萝果汁,

这边的房租很低一个月也就是两百六十美元上下,打磨过的干净的拼接地板,雪白的墙壁,

布莱克的《老虎》在卧室书架上,出租车咔嗒咔嗒行驶在楼下黑沥青路上,

安静无比,这是个产生孤独的房子,查尔斯·傅立叶放在枕边的小桌上等待检查,把灯熄灭——

睡衣安放在抽屉里等待着睡眠，八十卷书放在床头板上等待有人来浏览——

欧文·豪的意第绪语诗歌，阿蒂拉·尤若夫①，萨什布山·达斯古普塔②的《密教膜拜》，塞林纳，《俗语论》③——

睡衣躺在抽屉里等待睡眠，八十卷的书籍在床头板上等待被人翻阅——

欧文·豪的意第绪语诗歌，

财富对于老年有何意义？舒酣的小睡与长夜之梦有何意义？在波斯波利斯和拉萨游游逛逛！

还能有何种对于存在的追问？除了时光，更多的岁月，成熟的，平静的

与太平的岁月冥思着这正慢慢塌缩的年代，即使身体牙齿大脑和眉头还隐隐作痛，

腰后吱嘎作响，鼻孔干涩，斑斑驳驳的踝关节

与如簧的巧舌，多少年来就这么聊着，拍照片，在剧院唱歌

在教室在街道在教堂与收音机里即兴演说，却远离国会？

还要有多少年在上午九点闭醒来着眼睛担忧着

面颊上的溃烂是否是癌症的征兆？我是否应该为伯勒斯的传记作者登出

我四十年前的照片而收费？那个叫迈尔斯的编辑的文风是否合适

点亮垮掉一代的嘘声？我是否应该起身开始冥想

还是在白天里多睡一会治愈我的感冒？半个小时前有电话响过

---

① 阿蒂拉·尤若夫（Atilla Jozsef, 1905—1937），匈牙利诗人。
② 萨什布山·达斯古普塔（Shashibhusan Dasgupta, 1911—1964），孟加拉哲学家和文学家。
③ 《俗语论》(*De Vulgari Eloquentia*) 是但丁在流亡中写作的作品。

答录机里有些什么呢？把预付款退给哈珀出版社？

谁为这本图册订下的截稿日？我是否在半夜两点爬起来校对过诗稿？

即兴的诗篇？！？坐上飞机飞向格林兰岛，拜访都柏林？

笔会要在5月17日召集大家，决定让以色列人审查阿拉伯人的媒体？

呼叫C——O——意第绪语的翻译者女诗人是犹太复国主义的长舌妇？

集中营的道德理论专家埃利·维赛尔的笔下，用了何种的词语

"阿拉伯人应该投掷词语而不是石头？"——那可是从《时代》杂志的精确引用？

我是否应该现在爬起来，翘着二郎腿在学术期刊上涂涂写写

伴随着窗外街上引擎的轰鸣，被盗的汽车在路边被人鼓捣着

还是找点什么盖着我疼痛的骨骸？多少年的清醒与困倦多少个早晨纠结着生存还是毁灭的问题？

迎接了多少五月的早晨，鸟儿孜孜不倦地在六楼的屋顶上鸣啭？

花蕾绽放在座座城市的后院？连翘在砖墙与篱笆边腐朽的床垫上洒落黄色的叶影？

三

多少个星期天醒来时死死地闭起双眼回忆着死亡，

早晨七点春日之光就在窗外一阵噪音传来那边有个新波多黎各人的醉鬼在街角

让我不禁想起了彼得，娜奥米，我的侄子艾伦，我是否对于自己怒不可遏，我在纽约多少个清晨

醒来却直到第六十一个年头才意识到膝下无儿无女的我是一个缺乏母爱的怪胎

亦如我数百万的同胞，这世界自帕特森延伸到洛杉矶直通向亚马逊

人类和鲸鱼一同在绝望中尖嚎从帝国大厦的顶楼到北冰洋的海底——？

1988年5月1日至3日

美国档案柜中的数字

(死亡等待被执行)

一亿只曾经生活在十七世纪北美平原的水牛
一千三百亿的农业拨款鼓励了八十年代化学农药的滥用
四百五十万农业部的款项在八十年代用于研究生态农业
三十万瘾君子遍布全国
十万人每年被酒精夺去性命
三十八万五千人每年因为烟草导致的心脏病和癌症死去
三万人每年死在"不正当的药物"上
一百一十亿元的预算在1990年用于禁毒
十亿营养不良的人遍布世界
约有三百六十万美国人无家可归
三十万精神病患者在七十年代至八十年代被遗弃街头
三百名流浪汉在纽约市的汤普金斯公园过夜于1989年7月29日
一万七千份餐食新泽西的莫里斯镇煮汤的圣彼得餐厅里被端上餐桌
一亿一千万次人类导致的死亡战争大屠杀灾难和集中营在二十世纪轮番上演
三至八华氏度的气温已在全球上升下个世纪的计算机工程
兰伯特3-6606路易斯·金斯堡的电话已在新泽西的帕特森使用了二十年
六十五分贝是讲话的音量
一百分贝是摇滚音乐会的音量
两千八百万个听力衰退的病例出现在全美国

六千名工人，洛基弗拉茨核武器工厂

三亿美元的拨款每年滋养着科罗拉多的洛基弗拉茨

洛基弗拉茨核武器工厂得生产效能却只占科罗拉多制造业的百分之一

七十名联邦调查局的特工在1989年突击检查洛基弗拉茨一万加仑的废料桶

一千亿到两千亿美元的开销才或可进行核武器复杂的清理工作

储蓄与贷款合作协会令纳税人破产声称那儿有五千亿美元

七万名萨尔瓦多人在内战中死去多数是被美国政府资助的政府准军事死亡纵队杀害

四万个名字包括多丽丝·莱辛在内被国家移民自动监视系统阻挡在美国的大门外

三千名公民被光辉道路杀害，在1972年至1979年的秘鲁

三千名公民消失在政府的拘留所里，在1972年至1979年的秘鲁

美国排放了占这个星球总数百分之二十四的温室气体，消耗了世界百分之四十的汽油

两兆美元以上的美国国债押在了伊拉克战争上

六十五美元是哈利·史密斯买眼镜的花费

二十座世界上最大的都市将出现在2000年不在美国或欧洲也不使用英语

十个萨尔瓦多人中就有一个在十年期的镇压叛乱中流离失所

一个太阳运行在已知的太阳系中

一对智齿

一个共同的母亲

一次错误的举动

四海问候（1986—1992）

一只坏掉的苹果
一人一个屁眼
一条单行道
一位非神
一个已经衰落还有两个在酝酿

1990 年 3 月

五月之王的回归

在这银色的纪念日我脑袋上的头发已经不多而我是五月之王

尽管我是五月之王我的嚎叫与宣言最近已被联邦通信委员会禁止在美国

从清晨六点到午夜的电波中播放

所以身为五月之王的我此刻回归穿过天堂飞翔为了收回我纸质的王冠

而我就是五月之王带着一身的高血压、糖尿病、痛风、贝尔麻痹、肾结石与平静的眼镜

头顶愚蠢的王冠不再包含任何的愚昧与智慧在资本主义的斜纹领带与共产主义的粗布工服没有恐惧或希望

下个一百年中这星球再无任何可嬉笑怒骂之事

而我就是五月之王身携和宇宙一样庞大的钻石一个空荡荡的头脑

而我就是五月之王缺爱的同性恋在春光中进行着虚弱的冥想练习

而我就是五月之王这超凡卓著的布鲁克林英文教授正在歌唱

全部消失全部消失全部消失无踪影全部消失在九天之外只剩苍老的思想啊！

1990 年 4 月 25 日

禅室中的大象

是的，一切精神团体都令佛堂蒙羞
旧金山的上师与董事长的妻子又如何
莫斯科奢靡的豪华轿车隶属的报销账户又如何？
已故的拉杰尼希与俄勒冈被下毒的鱼冻又如何？
什么藏在拉杰尼希橘色的头骨之下？是大脑？
那年迈的洛杉矶山上师甚至对他年轻的姑娘动手动脚
而东岸的上师的精液从夏威夷低落到卡茨基尔的杂物柜中
博雄上师满心忧愁他那颗师父的心中拧出午夜的清酒与啤酒
不久他便为匿名戒酒会而感激不已
经验丰富的禅宗大师拥有摩托车在社区农家的唱诗班中占小男孩的便宜
连小伙子也不放过，不屈不挠犹如铁钉
还记得那怪异的蒙古人俄国人同性恋的喇嘛如何出没于波尔克峡谷与旧金山湾区吗？
金刚师创巴仁波切！忘了那万圣节聚会上裸奔的诗人吧！
而那窃窃私语的世袭统治者已死于艾滋病（他们说信徒中有个小伙子立即被传染）
马克思主义者没有错，宗教是人民的鸦片！
……
但他们利用宗教的向善之心谋害了多少性命？
可有一位美国总统从未发起过战争么，卢蒙巴被刺遇害，一枚氢弹，数万亿美元储蓄与贷款的错误？丑闻！纳税人总会去资助银行的！

现在我们可要去消化钵？如何遣散中央情报局？

丑闻啊数百名无家可归的人挤在布鲁克林桥下在圣诞节与除夕夜冻得瑟瑟发抖！美国存在着数百万的无家可归者！

谁将为五十万名美国的男女少年的阿拉伯沙漠之旅埋单？

谁将被迫吐出数十亿的金钱挽回伊拉克战争中总统的面子？

一百二十亿美元米老鼠这一年就要打一场毒品之战？

萨尔瓦多，洪都拉斯，危地马拉，我们数十年来资助着那些敢死队

没有人干过一件正确的事！上帝们，教皇们，毛拉们，共产主义者们，诗人们，金融家们！

我自己的一生也是丑闻！懒惰的混混！二手的皇家红领带与伊夫·圣洛朗救世军运动夹克

有多少男孩让我拥吻他们的大腿！

有多少女孩诅咒我冰冷的胡须？我不如自杀算了！

但那也不能解决什么，那将又为垮掉派增添丑闻一桩

排在卡萨迪命陨铁路、琼·伯勒斯给自己脑袋来了一枪之后。

贝尔维尤第一大街的奥尔洛夫斯基精神正常，凯鲁亚克的肝脏已经完蛋，食道破裂！

困在现实的梦魇中，我的出生就是大错一场，

这世界自一座黑洞而生，整个宇宙

就是一桩丑闻，幻觉，每一个人都被欺骗了，一只寰宇之巨的大象存在于冥想的星球里，

乔治三世，拉斯普廷，沃伦·哈丁，赫伯特·胡佛，希特勒……这些统治者们，还有副总统阿格纽，

罗纳德·里根将人质的释放日期推后到大象们的聚会那

总统就职典礼之际

乔治·布什在巴拿马老城街角的银行为游击队叫卖可卡因!

佛界中的丑闻?半球中已铸下大错,在月亮之上,处处皆有黑洞存在!

无论如何,我们的国债就要达到四万亿啦汤普斯金广场上的流浪汉如是说。

1990 年 7 月 12 日

以一条咬住自己尾巴的蛇的形式呈现的诗

奥利塔（蛇）河啊！
苍鹭，海牛，还有鹗鸟
遮天蔽日的红与白
黑压压的红树林
为了生存
与被欧洲人引入的
外来物种
苦苦抗争着
沼泽中的蕨类覆盖陆地
在这原始的
潮汐地带，
棕色的碎石躺在
清澈的水底
月球的引力拖拽
高高低低的潮汐
养活了野兽与森林，
月，不停循环
万物伴随
在近岸内航道
迁迁回回的潮水
繁衍生息——
梭鱼随着潮汐
迁徙而至
苍鹭，我们很快就会看到
巴西的胡椒

与澳大利亚的
茶树
被吉福德
这史上首位
热带农业学博士
引入
茶树
用来将湿地吸干
变成蔬菜农场
喂饱1900年的东北地区——
戴德郡
今日的番茄与卷心菜——

然后地产商大获全胜
拯救了
湿地
水源
这奥利塔河边
五十万年来
郁郁葱葱的
处女地——
与珊瑚区
互相连通
（这营养丰富的温床
保护着鱼儿
产下的卵）
伴着一只橡胶轮胎，粘液——
在软泥中浸透
红树林
嫩苗在内陆的边缘繁育

在靠近水的地方
根须好似
细长的桥墩

首批德贵斯塔印第安先民
在一万到两万五千年前就已存在——
遗留下了贝壳
制造独木舟的
工具
米卡苏奇与塞米诺族的
克里克印第安人
被杰西·赫尔姆斯参议员
从北卡莱罗纳
赶向南边
再被军队
从北佛罗里达
驱逐向内陆
——印第安人
的尸坑
昭示着
这百年的欺凌

塞米诺人
比天真的
德贵斯塔人
更为好战

独木舟中寂静无声
火车西去,鸣笛阵阵
飞机在

棉花一样的云层间穿行
飞过蔚蓝的午后

米卡苏奇与塞米诺族
收留了
逃亡的奴隶
与白人
结下梁子
逃亡者亚伯拉罕向奥西奥拉酋长
展示他们游击队的火力——
与美国军队抗争——
当局发起两次
清剿他们的战役——
第一次安德鲁·杰克逊
在1820年
将印第安人
从佛罗里达向南驱逐
第二次针对塞米诺人的战争
在1840年左右
把两千名印第安人
押送到了俄克拉荷马,那条泪水之路
——有两百人策划
逃进沼泽地
因为白人暂时
还没有垂涎那里的土地
那里属于印第安人
在哥伦布和
逃亡的奴隶之前
这怪异而无期限的
结合

另一方面,我们都是外来者
就像巴西的胡椒
与澳大利亚的松林

一只灰色的苍鹭
沿着绿野
拍打翅膀
它挺立,便如哨兵
鸟喙伸得笔直
在巨大的
橡胶树旁
那片草场——
细长的双腿
半途升起
沉重而缓慢地
伸开双翼
这高度正是
无花果树
枝繁叶茂的伞盖顶部
那树丛纤维状的根系
依附坚实的河岸
伸向含着盐分的
水面
小山羊与乌鸦的声音
隐隐而现
(乌鸦在这个季节
迁徙至此)
水浸润着奥胡斯的
珊瑚

石灰岩
成为一种
被运输的商品
自从铁路修到此地，
在世纪之交

绵延整整一英里的火车
从岩坑出发
抵达
大沼泽地的边缘

米卡苏奇的印第安人仍保留着
文化的种子
史蒂夫与比利·泰格尔
画家与音乐家

塞米诺人有更多
通商的倾向，在保留地
他们发明了宾果游戏
在那片保留地
他们控制着不用上税的烟草

一个当地的
生态学问题！
我们依赖湿地
供给我们活命的
水源——
身体的绝大部分
由水组成——

三到四天的断水
我们就会死去——
大沼泽地
将水过滤
送给戴德，布劳沃德
与棕榈滩郡的居民——
（三个郡都拥有
干净的水源）

但那来自巴西的胡椒种子
已经爆发
令一股不知名的力量
在水岸肆意。

这可是外来的红树林——？
拓荒者对它十分中意
（因为便宜）
但它们正将水分吸干
它们的花粉让人过敏
从这里，直到洛歇尔——

红树林
弄脏了水面
自己却保持着鲜亮的原色

拥有超级工业的白人佬
如今算不算这星球的外来物种？

有一只鸭子来了
它飞翔，它歌唱，它奔跑
这对鸭子来说
并无任何好处

El pato vuela, canta
y corre, pero
ninguno de las tres
los hace bien.①

一张张芙蓉花黄色的宽阔脸庞
长着一颗颗红色的鼻子
威尼斯的水手们
给新世界
带来的是
性病
朝着那千禧年的大变革
加速前进？

摆脱依赖矿物燃料
的运输
摆脱成瘾的石油
塑料是可以
回收利用的

零增长式的再生回收

---

① 西班牙文，意思即上一节："有一只鸭子来了／它飞翔，它歌唱，它奔跑／这对鸭子来说／并无任何好处"。

如同千年以来
德贵斯塔人
这用之即弃的狂欢——

与水源!别把
奥利塔河搞脏
别和这条大蛇玩把戏

没有空气
可以撑八分钟
没有水
可以撑二到四天
没有食物
可以撑一个半月——
活下去,去清洁我们的
空气
去清洁水源
培育不多也不少的食物
让每个人
都活下去

请这样去做:世上所有的
原住民们

印第安人,非洲人,
贝都因人,拉普兰人——
切尔诺贝利触发了
一个问题——
政府谎言的底线
到底在哪里?

(《迈阿密先驱报》遍布各处
操控着舆论——)

本地的米诺尔人
都是上师

与史蒂文·伯恩斯坦
1990 年 11 月 16 日

错误的说明

要么是这位超凡脱俗的喇嘛
被一个疯女人跟着走了进来
她尖叫着控诉着
十年前在木星的一颗卫星上
经历过的背叛
要么,就是我试图把你介绍给
这个不太可能存在的
宇宙。
我们在瑞柔丽书店布置好了午餐会
那位藏族摄影师
却没有准备好他的幻灯片
这是一场灾难——
我可否将你介绍给
你未来的女婿——
不幸的是,今天他已经烂醉
一脸胡楂,但是明天
他又会是一名称职的商人
这是一座宏伟的酒店
只是这周没有水
去冲厕所
在你入住的十层
电梯起火

1991 年 1 月 7 日

中情局贩毒小曲

在 1949 年
毛泽东赢得了中国
蒋介石的部队跑了
昨天还在泰国等待

中情局给他们帮助
在泰国各地贩毒

一开始他们盯上了苗族
跑到山顶分掉了赃物
之后士兵又对掸族下手
把收集来的鸦片转售

他们又去泰国贩毒
全靠中情局的帮助

他们的骡队载着烟膏
向着通火车的清莱城
在警察头子的眼皮下清货
他把那玩意带上火车

花一整天把毒品运向曼谷
全靠中情局的帮助

那个警察名字叫做包先生

他把毒品四处兜售叫卖
边境的海关官员被收买
由中情局控制的国际开发总署付账

整个的勾当，报纸如此叙述
全靠中情局的帮助

他开始变得草率，漫不经心地出货
他一文不名，最后煮了自己的鹅
手里总是鸦片而不是报酬
紧紧抱着自己的货再转手

赫赫毒枭十年后发已成霜
为中情局日日奔忙

杜比·李峰为法国人工作
是个吃喝嫖赌的胖家伙
苗人的王子令黑色的毒膏肆虐
播种鸦片如洪水在大地上劫掠

共产党把法国佬赶回国内
杜比和中情局勾肩搭背

全部行动已化为一场乱祸
直到美国的情报网渗透老挝
我不会撒谎我有货真价实的美国身份
富米·诺萨万是我们的代理人

军阀皆奉行高压统治
富米因中情局而得势

还有王宝将军,他的老友
指挥苗人的军队像一头圣牛
龙城的酒吧挤满开直升机的走私贩
在川矿省,在石壶平原盘旋

不知不觉,他们已于昨日参战
中情局的部队,超级密探

六十年代,毒品在天上飞来飞去
从新山一,西贡,再到祺元帅手里
美航公司坚持不懈
为绍总统运送蜜饯

这买卖人的往事已在数十年后过去
这印度支那的黑帮,隶属美国中央情报局

空运干草行动,威廉·考尔比长官
看着祺元帅空运鸦片,芥末先生对我把话传
印度支那的办公桌后他是肮脏伎俩的总主使
和毒贩子一同"搭车"他就这么弄到了带劲的一支

给毒贩们好处让他们赶跑共产主义
直到考尔比坐上中情局第一把交椅

1972年1月

国家安全局贩毒小曲

现如今奥利弗·诺思与理查德·司阔德
憎恨桑地诺主义者无论意义几何
他们为叛军贩毒去抵御痛苦入侵
他们无法出卖国会所以他们卖可卡因

他们发现诺列加只是昨天的遭遇
南希·里根与中情局

现如今可卡因和大麻被交换成军火
在边境机场由约翰·赫尔负责
或者说曾由他负责直到哥斯达黎加无法依傍
这中情局间谍干着倒卖叛军可卡因的勾当

他们发现诺列加只是昨天的遭遇
南希·里根与中情局

雷猛·米兰·罗德里格斯属于麦德林集团
为组织洗钱,这把戏他玩得转
数百万的钞票在美国的银行里交割
直到他被捕,呆在牢房里唱歌

这件事已被昨日的报纸埋葬
布什是美国的缉毒沙皇

三百万可卡因的赃款,米兰对国会声称

菲力克斯·罗德里格斯，中情局的大亨
只对叛军说："嘘""嘘""嘘"
唐纳德·格雷格和他的老板乔治·布什

这件事已被昨日的报纸埋葬
和布什曾当过的副总统一样

罗德里格斯曾在他的办公室和布什会面数次
他们不聊正事，只是喝柠檬与酸橙汁
或许喝了咖啡，或许喷云吐雾
那些可卡因的勾当他们再也记不住

这件事已被昨日的报纸埋葬
布什已坐在美国总统的位子上

曾经布什也是中情局局长
那时巴拿马把可卡因卖得欢畅
乔治·布什沉默不言
诺列加大把洗钱

布什收买了诺列加，他们同舟共济
他们坐在沙发上，大谈天气

接着诺列加出卖了他的同伙
一纸公文，收回了巴拿马运河
等到布什坐上了白宫的交椅
又改口说诺列加是个可卡因贩子丑陋卑鄙

冷战结束了，东欧找到了希望
美国却和毒品战争紧紧捆绑

开发政策来了,东欧获得了解放
布什便向巴拿马城派兵打仗
布什的枪口在巴拿马劫掠人命
就像他卖可卡因的朋友马科斯,在第一大街火并

布什集团的罪行,诺列加本人是否明了?
请在公元2000年的《纽约时报》里寻找。

1990年1月至2月

快快同意小曲

施瓦茨科夫的父亲推翻了伊朗的摩萨台
他们扣押了国王和萨瓦克
他们吸干了他的石油,却得到阿亚图拉的烂摊子
所以,三十年后我们不得不武装伊拉克

尽管那家伙使用毒气,萨达姆仍算我们一条臂膀
为了扶持反抗军,我们也必须武装伊朗

美索不达米亚一度太平安好
直到奥斯曼帝国被一枚地雷引爆
伊甸园和乌尔曾有苹果园遍布大地
直到蛇向乔治·布什建议"这土地属于你"

这花园已被玷污,降下地狱的硫黄
在旧日的美好时光里,我们曾拥有足够的臭氧

英国人美国人法国人有一个算一个
在花园里妥协,于是花园就走向衰落
对埃米尔上了瘾,与他们沉睡千年的燃料
警察国家的酋长们还有情报机构的食尸魔妖

狮身人面丢了的鼻子,酸雨侵蚀帕台农神庙
用不了多久波斯湾将会毁灭被世人忘掉

沙乌地沙漠绽放石油管线的花朵

推动着汽车工业,那属于你,也属于我
洛杉矶和大阪对石油上了瘾
坐着防弹的高尔夫球车你就能向前进

洛杉矶和大阪对石油上了瘾
坐着防弹的高尔夫球车你就能向前进

从米老鼠战争到对抗可卡因夸克
我们丢下一百万炸弹把孩子炸死在伊拉克
我们到底杀了多少人没有人愿给出意见
那创造了肮脏的新闻照片他们会卖个好价钱

当他们挥舞起黄丝带和油腻的旗帜
快快同意吧,要么他们就会把你唤作苦工

1991 年 4 月 25 日

谁炸的!

一

谁炸的?
我们炸了他们!
谁炸的?
我们炸了他们!
谁炸的?
我们炸了他们!
谁炸的?
我们炸了他们!

谁炸的?
我们炸了你!
谁炸的?
我们炸了你!
谁炸的?
你炸了你!
谁炸的?
你炸了你!

我们干什么?
我们炸谁?
我们干什么?
我们炸谁?

我们干什么?
我们炸谁?
我们干什么?
我们炸谁?

我们干什么?
你炸!你炸他们!
我们干什么?
你炸!你炸他们!
我们干什么?
我们炸!我们炸你!
我们干什么?
你炸!你炸你自己!

谁炸的?
我们炸你!
谁炸的?
我们炸你!
谁炸的?
你炸你!
谁炸的?
你炸你!

1971 年 5 月

二

给唐·切瑞

你为什么炸?

我们不想炸!
你为什么炸?
我们不想炸!
你为什么炸?
我们不想炸!
你为什么炸?
我们不想炸!

谁说要去炸?
谁说我们必须去炸?
谁说要去炸?
谁说我们必须去炸?
谁说要去炸?
谁说你必须去炸?
谁说要去炸?
谁说你必须去炸?

谁想被炸?
我们不想要炸弹!
谁想被炸?
我们不想要炸弹!
谁想被炸?
我们不想要炸弹!
谁想被炸?
我们不想要
我们不想要
我们不想要炸弹!

谁渴望炸弹?
某人一定渴望炸弹!

谁渴望炸弹?
某人一定渴望炸弹!
谁渴望炸弹?
某人一定渴望炸弹!
谁渴望炸弹?
某人一定渴望炸弹!

他们渴望炸弹!
他们需要炸弹!
他们渴望炸弹!
他们需要炸弹!
他们渴望炸弹!
他们需要炸弹!
他们渴望炸弹!
他们需要炸弹!

他们认为自己拥有炸弹!
他们认为自己拥有炸弹!
他们认为自己拥有炸弹!
他们认为自己拥有炸弹!

萨达姆说他有炸弹!
布什说他有更棒的炸弹!
萨达姆说他有炸弹!
布什说他有更棒的炸弹!
萨达姆说他有炸弹!
布什说他有更棒的炸弹!
萨达姆说他有炸弹!
布什说他有更棒的炸弹!

他有更棒的炸弹意义何在?
他有更棒的炸弹意义何在?
他有更棒的炸弹意义何在?
他有更棒的炸弹意义何在?

必须除掉萨达姆,用炸弹!
必须除掉萨达姆,用炸弹!
必须除掉萨达姆,用炸弹!
必须除掉萨达姆,用炸弹!

萨达姆还在那儿制造炸弹!
萨达姆还在那儿制造炸弹!
萨达姆还在那儿制造炸弹!
萨达姆还在那儿制造炸弹!

三

善恶决战终降临
高格和马高格高格和马高格
善恶决战终降临
高格和马高格高格和马高格

善恶决战终降临
高格和马高格高格和马高格
善恶决战终降临
高格和马高格高格和马高格

善恶决战终降临
高格和马高格高格和马高格

善恶决战终降临
高格和马高格高格和马高格

高格和马高格高格和马高格
高格马高格高格马高格
高格和马高格高格和马高格
高格马高格高格马高格

高格马高格高格马高格
高格马高格高格马高格
高格马高格高格马高格
高格马高格高格马高格

金斯堡说高格和马高格
善恶决战终降临

1991年2月至6月

祈愿持明上师邱阳·创巴仁波切活佛转世

弥漫在我思想里的,
弥漫在我意识中的,我挚爱的主:上师
仍使我慢慢变秃的脑袋一片空寂,令我的思想不再徘徊不定
在曼哈顿和博尔德降下均等的安宁

回归吧,回归到肉身的精神与知识
无论是我的还是任何人的,做混沌的和平绵绵不绝的导师,
回归吧,遵由你的誓言,用那平静又充满魔力的富足
摧毁我和我的家人朋友与僧伽内心中紧紧抓牢的愤怒与愚蠢

回归到身体语言与心智,再次启发我日日的笔耕
与冥思者们的劳作,从洛杉矶到哈利法克斯你的追随者数以千计
请减轻我们的兄弟,爱人
家人,朋友,百姓,万国与这颗星球肩上所承受的一切。

记得你曾许愿
在我们生生不息的世界上那一张张临死的床前默默陪伴
我们栖息在你温柔的循循教导中
呼吸着你意识的呼吸,捕捉我们自己的意识
并溶解炸弹般的梦境,渗透进我们皮肤的恐惧,与

天边你的思想中嘶喊的争辩

请竭尽所能重组我们的社团进入你的身与思
还有思想的领域,你无思无欲的影响,
悸动的安详来自你自然而发的词语与图画
不是冥思后的怜悯,而是你本真的思想

这些宣言写于1991年6月的第二天
那是个无眠的夜,我兄长在长岛举行七十岁生日会
我在人世间第六十五个年头中拜访了他
金刚诗人艾伦·金斯堡为寻求他金刚上师邱阳·创巴仁
波切的庇护
写下此诗

1991年6月2日2点零5分

大游行之后

曼哈顿数以百万的人群欢呼着挥舞着喜悦的旗帜
他们昨天都回到了自己的工作岗位与关节炎中,今天已是周二——
到底是什么驱使他们追寻那无尽的激情,那种人人共有的愉悦——
他们可有机会再次重温这五彩纸屑飞扬数小时欢庆的狂澜?
难道他们已经忘记带来这胜利的死亡走廊?
为迎接下一场欢庆,世界另一边的沙漠里
是否还需要增加几十万具的尸体?

      1991年6月11日,下午2点30分

大吃特吃

　　超值大买卖电视鲜肉股票市场新闻报纸头条爱情生活大都会

　　在空气中飘过就像思想的形式飘过头颅,捕捉头条,捕捉面前走过的男孩儿屁股

　　在你倒在床铺之前,带着一身的高血糖,血压低而又低,在你双唇冰冷之前。

　　迟早你将对一切无所谓,爱过的,恨过的,你耸耸肩,你走在公园里

　　你抬头看看天,坐在一个枕头上,数着你头上的星星,起身大吃特吃。

1991 年 8 月 20 日

还未死

气喘吁吁跑上跑下,电话
办公室、邮件、支票、秘书与恶心的感觉——
苏联的立法机构共产集团
使戈尔巴乔夫的太太与叶利钦
一个在恐惧中失语,另一个成为演讲者跳上坦克
在白宫前谴责煽动暴乱者——
九月的风轻抚着潮湿的灰色天际下
校园静谧的操场上那些枝杈与树叶,
老实喝你的无咖啡因咖啡吧金斯堡,你这个
老牌共产分子,《纽约时报》的上瘾者,
庆幸你自己不是托洛斯基吧。

1991 年 9 月 16 日

犹太脑

我是犹太人因为我热爱我家的面丸子汤。

我是犹太人因为我的父亲母亲舅舅姥姥都说我是"犹太人",我们从

维特伯斯克、卡梅涅茨-波杜尔斯基经由利沃夫一路走来。

是犹太人,因为我在十三岁就开始读陀思妥耶夫斯基,我在下东区饭馆的餐桌上写诗,完美的熟食知识分子。

是犹太人,因为暴力的犹太复国主义者令我热血沸腾,义愤填膺。

是犹太人,因为我是佛教,我的愤怒是透明的热空气,我耸耸肩膀。

是犹太人,因为一神教无论犹太教天主教伊斯兰教都是无法忍受的狭隘——

布莱克曾说"六千年用以安眠"从那唯我独尊从天而降的上帝的思想陷阱后算起——唉!多么疯狂透顶的约束——

老年犹太公民,我有坐公车和地铁的半价通票,看电影也打折——

无法想象那些年轻人是如何生存,如何过活。

他们如何能扛得住,出门走向世界仅仅携带十元美钞和一枚氢弹?

1991 年 10 月

约 翰

一

没人喜欢我的头发
妈妈拽着它走在看电影路上
爸爸没事就过来甩它一巴掌
街角的流氓点起火烧它
我干燥的头发,我
短短的头发,黑色的头发,褐色的头发
我愚蠢的头发——打着卷儿!
直到我认识了约翰,
他把手指伸进我精美而卷曲的发丝
对我说,让它生长吧
约翰把他的脸埋进我的头发
亲吻它
喃喃又亲密地发出"哦,哦,哦"的声音,于我的头顶
拍拍我的脑袋
轻抚的手从上面滑到脖根——
在地铁里与我相对而坐,满眼爱意——

二

他们在交头接耳,手肘靠着宽大的大理石栏杆
在这宏伟的剧院包厢里
谈论着耶路撒冷,莫斯科,芭蕾,类星体,利息——

约翰从他的座位上起身,走向顶端的台阶,停住

坐了下来,双手绝望地捂住耳朵——"我把我的脚困住了!"

"什么啊,"他们问道,"你把你的脚困住了?什么意思?"

约翰点点头,双目紧闭,双手还在原来的位置,

"我把我的脚困住了,"他愁苦地重复着。

三

约翰染上了艾滋。
起先,他自言自语。
精神病医生说:
"如果你想自言自语的话,
写诗吧。"

1991年11月7日,晨8点30分

有个小偷偷走了这首诗

这年头什么东西都会被偷
人们偷走你的钱包,你的手表
钻进你的汽车偷走你的音响机头
钻进你的家,偷走你的索尼 HI8 你的 CD 录像机奥林巴斯 XA
人们偷走你的生活,在街角将你抱住,偷走你的脑瓜
偷走你放在厕所里的运动鞋
偷走你的爱,抢劫你的男友,在地铁里强奸你外婆
毒虫们偷走你的心换取毒品,有些家伙在收音机里偷走你不一致的言行
吸可卡因的和黑人偷走你的舒适,你如止水的心,A 大道的一次散步,你从干洗店取回的包裹
偷走你的精神,令你焦躁不安
波多黎各人从你的脸上偷走你的白皮肤
马蜂们偷走你的星球制造垃圾债券,犹太人偷走你的不可见的主神再把他们肮脏的上帝丢在你的床头
阿拉伯人偷走你的阴茎,你再偷走他们的石油
人人都在偷窃,从另外的人那里,时间,性,手表与钞票
偷走你的睡眠,在早晨六点用垃圾车立体声喇叭警笛大声吵骂和氢弹
偷走你的宇宙。

1991 年 12 月 19 日,晨 8 点 15 分

午餐时间

鸟儿在砖砌的后院里鸣唱收音机里
钢琴阵阵温柔的旋律从隔壁传来
忽闻轮胎的摩擦声,汽车在第十四街排出废气
在这个多云的星期四,活着真好
二月的窗户开着,正对厨房餐桌
这个老年公民已准备好下周的血管造影。

     1992年2月20日,下午1点15分

拉隆之后

一

没错我曾在那个世界
被紧紧捉住
当我年轻时布莱克
曾将我出卖
另外的导师也随声附和：
最好准备迎接死亡
不要纠结于
所有权
那是在我年轻的时候，
我被那样地警告过
如今，我已是老年公民
被囚禁在一百万本
书中
一百万种思想一百万的
美钞一百万份
爱恋
我将如何挣脱我的肉身？
艾伦·金斯堡说，我
真的身陷泥潭

二

我坐在爱人的

脚边
他告诉了我一切
滚蛋，边儿呆着去，
出门小心点，
小心台阶
锻炼，冥想，琢磨你的
脾气——
如今我已垂垂老矣
生命已不会
再有二十年可活
或许连
二十个星期都没有，
或许下一秒
我就会被带走
带向
重生
身在繁育蠕虫的盒子里，或许
这已经发生过了
我又如何能知晓，
艾伦·金斯堡这么说道
或许这一切不过是
大梦一场——

三

现在是凌晨两点，我明天
还要早起
坐上出租车狂奔二十英里
去满足

我的野心——
我怎会困于这样的窘境
这场工作狂的秀
商业冥想市场?
如果我有灵魂,我已把它出卖
换取漂亮的词语
如果我有身躯,我曾把它挺立
射出我的精华
如果我有思想,那一定会
被爱紧紧包裹——
如果我有心灵,我已在
呼吸间将它遗忘
如果我有话语,那不过是
自吹自擂而已
如果我有欲望,它一定
从我的肛门喷出
如果我有野心,它一定
无拘无束
我是怎么就困在这副
褶皱的皮囊?
带着一身的漂亮话,爱的精华,
呼吸间的自吹自擂,充满渴望的
屁股,著名的官司?
我真是不省油的灯啊,艾伦·金斯堡。

四

辗转反侧,无法入眠
思考着自己的死亡
——那必定近了,近了

相对
十岁的我而言
还琢磨着
宇宙到底是如何
浩渺无边——
如果我再不好好休息,死亡就来得更快
如果我睡去,我将失去我
救赎的良机——
睡去还是醒着?艾伦
金斯堡躺在床上
夜色正浓。

五

凌晨四点
他们来找我了,
我躲在厕所的小隔间里
他们踹开了门
砸中了一个无辜的男孩
啊,那扇木门
砸中了一个无辜的孩子!
我站在马桶上侧耳倾听,
我藏好自己的影子,
他们将另一个家伙捆起
把他拖走
我在这里——几时
我才能脱身?
不久他们就会发现
我不在这而

他们又会来找我,哪里
是我的藏身之地?
我到底是我本身,还是别的什么人
或者谁也不是?
那么这沉重的肉身这
脆弱的心脏和滴滴答答漏水的肾又属于谁?
是谁
在这具尸体里度过了
六十五年的光阴?
除了我
还有谁彻底地狂喜入迷?
现在大幕即将落下,
那回带来什么好的结果么?
那可会到来?那
可会真的到来么?

六

我曾有过机会,又看着它溜走,
许许多多的机会,并未
好好把握。
没错,那令我印象深刻,几乎
在恐惧中变成疯人
我已看着不朽的机会溜走,
一去不回。
艾伦·金斯堡向您忠告
请勿跟随我的脚步
走向灭亡。

1992年3月31日

明白了？

被折磨得在电视机里蠕动着因为未能遵守良好的驾驶习惯
被直升机用你的小宝贝儿在费城轰炸
被纽瓦克的警察在街上踹倒，再背负煽动暴乱的罪名
被一个混蛋在联邦调查局和自己睡觉时暗杀
被中情局的线人枪杀，再嫁祸到古巴委员会说这是以牙还牙
被古巴毒枭的马仔干掉，那是联邦调查局和达拉斯警察的朋友
被逮捕，在伪装成美国缉毒沙皇把可卡因的赃款付给叛军时
被识破，在秘密卖给伊朗人的战机收费虚高时
被定罪，在面对国会为中美洲发动数次常态化的肮脏的战争撒谎时
被拨款一百二十亿美元送到缉毒的官僚机构，还有两倍的钱撒向毒品上瘾者
被默许将一百万人民囚禁在这片自由的土地
被批准将电椅和毒气室用以罪恶昭彰的案件
通过法律实现体面公民协会抢劫你冒牌的银行数十亿的钞票被送进监狱

1992 年 5 月
纽约

天使般的黑洞

作者：安德烈·沃兹涅先斯基

灵魂划过街道的股沟切腹自尽
烧成灰烬的商店棋盘月光与家庭，
天使之城望向黑洞——
望穿大地，望向纳戈尔诺-卡拉巴赫的那片焦土。
苦难的隧道还有多长？
上帝是否需要安宁？
即使如此，还是能忆起佩列杰利基诺黑醋栗闪耀的光辉，
罗德尼·金的名字响彻苏联，罗德尼克伏特加如地下的甘泉。
而我，对着我的家乡满口废话
如何能将这恶名送与他者？
暴雨和灰烬将封住我的嘴
夹在两个超级霸权之间这个小人物受着超级的苦难。
我们——堕入地狱。你们——向着火焰把自己献祭？
苦难的隧道尽头可有光？

艾伦·金斯堡与妮娜·布伊斯共译
1992 年 5 月 17 日
洛杉矶

调　查

据调查显示黑人在面对白人时普遍有自卑感

据调查显示犹太人特别钟情于财政方面的淫念

据调查显示社会主义的失败具有普遍性无论那里的秘密警察如何老练

据调查显示地球在公元前4004年被创造，天赐一声砰然巨响

据调查显示麻雀、蜜蜂、蜥蜴、鸡、猪与牛在被囚禁时表现出同性行为的倾向

据调查显示南方浸洗会绝对正确的忏悔仪式是宣扬基督教真理的一种最有害的形式

据调查显示百分之九十去看牙医的人有坏掉的牙齿

在三餐后暴虐地刷牙会损坏你的牙根

据调查显示好莱坞拍出了史上最优秀的电影，描绘性的堕落

联合国是好的□坏的□中立的□对于美国的利益而言没错

据调查显示基督教重建派认为同性恋是一种罪恶，女同性恋的罪行违背自然的意愿，艾滋病是一种惩罚同性天使恋的瘟疫

有百分之五十一的美国民众不赞成双性恋

据调查显示沉迷于电视的美国孩子比亚马逊与乌卡亚利河畔没有电视机的孩子得到更高的智商测试分数

据调查显示鲸鱼与海豚被认为拥有较高的智商

据调查显示利己主义精英的精神腐化与堕落的艺术导致苏联与德国的独裁

美国家庭研究所因为藏有色情读物导致图书馆管理员中性犯罪率上升三十五个百分点

看情景喜剧中的行凶场景导致各大洲的国家元首暴力语言的使用率上升百分之百

调查的结论表明物质的宇宙根本不存在

1992 年 5 月 20 日

放下你的破烟卷（别抽了）

别抽了别抽了别抽了
别抽了
这是一个九十亿美元的
资本主义和共产主义的笑话
别抽了别抽了别抽了别抽了
别抽了

抽烟让你咳嗽，
你再也唱不准音调
你用口水漱口
在吐在盘子上
别抽了别抽了别抽了别抽了
别抽抽抽抽抽了

你在床上抽
你在山上抽
抽到你翘辫子那一天
你跑到地狱里抽
别抽了别抽了

你喷云吐雾
你吸吮屁股
你咳嗽，嗓子被堵住
牙上沾满污物
烟烟烟烟别别别

别别毒毒毒别抽烟别吸毒

你拿出两块钱
买来致命的一包烟
相信的你的坏运气
倒在床上就开吸
别抽了别抽了尼古丁尼古丁不
别抽了那时政府贩卖的毒品别抽了那是毒品

四十亿绿油油的钞票
输进了麦迪逊大道
变成兜售尼古丁的广告
勾引乳臭未干的愤青
别抽了别抽了别抽了
不要不要不要毒药毒药骗局骗局骗局骗局
麻醉毒药麻醉毒药毒药毒药毒药毒药

黑魔法在推销毒药
性感的小妞配上豪车
美国的希望已被丢掉
在酒吧喷云吐雾大吃大喝
别抽了别抽了别抽了
别抽了别别别别
呛呛呛呛咳咳
咳咳呛呛
呛呛毒毒

让我们来帮助苏联数百万人民
出口我们的棺材钉子
赚他个几十亿钞票

大把钞票大把钞票钞票钞票
钞票钞票烟烟烟烟
烟钞票烟钞票毒品钞票大把
毒品钞票赚大把毒品大把钞票毒品
钞票别抽了大把毒品钞票
赚大把猪头吸毒的钞票

每年九十亿的美钞
这南方的工业
收买参议员杰西·菲尔
在参议院外交关系委员会
鼓吹对烟草行业进行补贴
毒烟毒烟别抽了别抽了
斗篷斗篷斗篷房间斗篷与匕首
香烟房间斗篷房间毒品斗篷
斗篷房间毒品斗篷房间毒品别抽了

九十亿的美钞消耗在毒品上
被"时代"与"生活"认可
美国失去了希望
总统抽烟，烟草投票
别抽了别抽了别抽了别抽了
别抽了不要不要不要不要

两万人死在可卡因上
违禁品蔓延的速度在年年增长
四十万人死在香烟上
这种毒品令人恐慌
别抽了别抽了别抽了

人们沉溺于香烟
却和毒品作战
你敢抽一口大麻叶
就被政府的恶棍灭
别抽了别抽了那是官方的毒品

如果你想上床睡觉
为你的女友口交
那你绝不想要同性恋
也不想要拖油瓶
别抽了别抽了希望希望希望希望
拜托啊别抽了别抽了
拜托啊拜托啊拜托啊
我给你跪下啦

二十四小时在床上睡觉
再给你的男友口交
把什么放进你的嘴里最妙
比如皮肤而不是香烟这根恶药
别抽尼古丁尼古丁那玩意
太可恶别抽了别抽了
不要不要不要毒品毒品毒品毒品
那是官方的毒品别抽了

知道你为什么病成这样
因为你叼着香烟躺在床上
你在烟雾里陷得越来越深
直到有一天你无力抽身
没错没错没错没错抽点大麻
抽点大麻来点那绿色的玩意

放在里面但不要抽烟了别抽了别抽
希望希望希望希望尼古丁无望
那是官方的毒品
毒品毒品毒品毒品别抽了

        1971 年；1992 年 6 月 21 日

暴力合作

玷污我
在紫罗兰的日子里
你知道那种卑劣的方式
毁灭我
蹂躏我
彻底地撕扯我
对于我,请不要怜惜
　　　　——老歌,1944 年

恨恨地侵犯我
深深地进入我
在强暴时,不要怜惜我
快快绑住我
让我病态地笑
用透明胶带缠住我的嘴
　　　　——AG

尿我,拉我
擦你的大屁股蹭着我
把我变成你憎恶的生物
剧烈地侵犯我
不要问我问题
给我你无与伦比的暴力
　　　　——PH

忽视我，踩我
用你的巨鞭抽打我
让我双膝跪地
命令我舔你的阳具
抽我，立即
请你狠狠地用力
　　　——AG & PH

打昏我，避开我
奴役我，刮我
把你令人发指的疾病传染给我
操我，揍我
用你的部队征召我
在你放松时，把屎拉向我
　　　——AG & PH

贬低我，污损我
在公共场合侮辱我
来吧，我的胡子已经埋在泥里
就差落井下石的你
在夏季的三叶草里
再用你的金属扣把我紧紧缠住
　　　——AG & PH

　　　　　　　　　与彼得·霍尔[1]
　　　　　　　　　1992 年 6 月

---

[1] Peter Hale，金斯堡晚年的私人秘书，同性伴侣，在金斯堡离世后管理金斯堡信托至今。

平静而紧张的竞选承诺

千年将尽
地球在衰落——
火、空气、水都被污染
我们是空前的猛兽——
在床上黑暗中的冥思
无力阻止这一切的发生——
政府否认一切,报纸记录一切——
就像眼睁睁看着牙周发炎,却不去刷牙
就像心脏病发作,却不放松自己的压力
在油腻的猪排上撒着盐
在咖啡里放糖,虽然明知自己有糖尿病,
脚底碰一下就恨疼痛
血液循环不良,却一支接一支吸烟
踹桌子下面自己的儿子一脚,再开一罐啤酒
需要一个能还真相本来面目的总统——
这个党名叫平静而紧张党
去恢复大自然应有的平衡。

1992年7月9日,12点55分

现在到永远

我将满足于不朽
不是这副身躯
不是这双眼睛
群山连绵，星光闪耀
残月映照白杨峰
但借由这些词语，借由这些
长句的呼吸
我拥有的爱，心脏仍在
跳动，
灵感绵绵不绝，富有音韵的情感
存于呼吸之间
这不朽拯救了美国，
拯救了合众国的衰落
我身体的衰败，
哑口无言，化为灰烬
这诗篇播撒欲望，
欲望的满足
从现在到永远，男孩
可以出入女孩的梦乡，老头哭泣
老婆婆发出叹息
年轻人一拨拨顶上

1992 年 7 月 19 日
白杨山

谁吃谁?

一只乌鸦立在经幡上
她黑翅膀的丈夫在湿润的绿草地上转悠,在寻找虫子?
昨天有群低飞的海鸥掠过起伏的波涛,
用爪子触碰泛起白沫的碎浪
在寻找鲑鱼?大比目鱼?鳎目鱼?
细菌吃草履虫,反之亦然,
病毒入侵细胞膜,白细胞数量下降——
牙齿和爪子充斥荧屏,狮子扑倒羚羊——
鲸鱼用有芒刺的牙齿过滤透明的磷虾——
食人族得以完满的生态龛,亚马逊
的猎头者啃食睾丸——
敌人的力量与精神和我合二为一!

1992 年 8 月 13 日
新斯科舍,甘布寺

埋葬之地

……那粗粝又阴冷的墓地，应坦然接受这也是你家乡的一部分，那样就能产生些许同情和怜悯的火花填补你的心灵。你就不会急切地想从这样一个地方走开。你将愿意面对眼前的状况，那个特殊世界的现实。……
　　——邱阳·创巴仁波切在《大手印仪轨》中的注释

　　楼上的珍妮把车撞坏了，成了活死尸，杰克卖大麻，这白须大肚子的爱尔兰妖精上楼梯时不会发出一丁点儿声音
　　来自波特兰作过守门人的约翰把目光移向一边，面颊泛着伏特加或是葡萄酒的红光，谁知道呢
　　他走出他一楼的房子，拒绝和 24 号房的住客打招呼
　　那个住客的男友在贝尔维尤，她正在报警，因为六楼的艺术家佛教徒作曲家
　　双脚水肿意识恍惚卧床不起，一整年艾滋病毒正将他缓缓推向死亡边缘——
　　中国老师把房间打扫得干干净净正为憧憬他健美的大腿与屁股的同性恋诗人煮饭——
　　楼下老嬉皮花朵女孩倒在楼梯扶手上烂醉如泥，下巴有伤——
　　他的儿子虽然只是骗吃骗喝的摇滚小明星，还是有两万人挤进体育馆为他文着图案的光头
　　杀气腾腾克利须那素食主义的鼓点和歌词喝彩叫好——
　　玛丽出生在这座公寓静静地拄着手杖，双腿沉重心脏病已是第二次发作，再也不能
　　去加拉加斯或是都柏林度假——那俄罗斯房东进过集中

营的丈夫又消失了——他的死没人提起——

租客把房间占了因为有热水，她无法再涨租也交不起税，大热天还穿着长袍

瘦小的身影无声地穿过街道和采购的杂货一起回到她年久失修的公寓——

有个写诗的高中老师猝死于不可解释的心率失调，倒在

她母亲位于布鲁克林的公寓地板上，他的第一个孩子刚满周岁，老婆已禁欲多日——

他们那条闹翻天的狗就要走了，孩子哭个不停——

与此同时楼上的冰毒狂人正在打海洛因的针大呼小叫地折腾

他从东12街克里斯汀的小饭馆里被人赶了出来警察把他围成一团，上衣有熨斗烫的洞

在史蒂文森镇的大街上有一座电话亭正呼唤着他耳聋的母亲——警笛划开空气一路向着贝尔维尤——

经过时把围成一圈窃窃私语的大麻夸克毒品贩子们吓了一跳就在东10街的

西南角那嬉皮艺术青年们从专门宰人的日本寿司料理里鱼贯而出——还有KK家的波兰餐馆

那些家伙往土豆汤里大把大把撒盐变成心脏病制造罐儿

——垃圾成山，不可降解的塑料袋被寻找旧瓶子烂纸片布娃娃收音机吃了一半的汉堡被丢掉的丹麦面包的身患糖尿病的流浪汉翻了个底朝天——

13街上的公证员坐在他昏暗的小门面里，驾照和退税表放在一张古老的金属桌子上等待着他们的主人——

黄油里炸得酥脆单面鸡蛋，薯条和甜蜜蜜的多纳圈在隔壁的小饭馆里传来递去——

一个说西班牙语的女人对着邮局玻璃后面粗鲁的非裔美国人大喊大叫

"一星期了，我一直在等我的福利支票昨儿我就来了

把管事儿的叫来臭娘们你来劲了还我还真不吃——"

双目紧闭的波多黎各酒鬼嘴唇龟裂皮肤红红四仰八叉地躺在人行道是，后门敞开一股化工原料味道的是十四街路口韩裔祖辈经营的干洗店——

电力公司的工人整整钻了一年的地面只为打开六尺黄土下的输电管道

车流为绕过横在路中间的M14路公交而出现瓶颈，裹得粽子一样的老人家从公交上走下来一脚踏进碎石堆

怀揣灰城衰老服务局在下城电梯坏掉的二楼楼梯口办公室颁发的优惠公交卡

广播里传来新闻，他们又轰炸了巴格达和伊甸园？

苏丹的百万人正在挨饿，食物在港口堆积如山，联合国在热带一脸汗珠畏手畏脚的官僚和当地黑帮争论不休

被推土机推起的小麦堆——瑞典医生药品用尽——巴基斯坦的出租司机

念叨着必须灭了萨达姆·侯赛因，侮辱着小说中的先知——

"不，我不是那个意思，只是人物的台词而已像诗一样没有扣帽子的意思"——

"我跟你说阳光下你原形毕露，"于是站在14街天主教堂下的你手里被人塞了两毛五你醉醺醺地摇晃着

手里一次性杯子，一脸酒红，和妈妈住在一起的你嘴唇上有道伤疤，斜楞着眼睛。

下巴干瘪有几次去贝尔维尤把酒戒了，但更多时候还是招摇撞骗个块八毛换碗甜酒喝

那个街角的竞争对手是个经常和你短兵相接的壮实的手持白色拐杖的盲人，白色纸杯里硬币叮当作响有几周

漆成橘黄色的锯木架把地铁入口团团围住

阻挡通往地下的入口——街对面纽约货币兑换银行提款机的小隔间门上贴着

四海问候（1986—1992）

暂停使用的告示出租车被地上的凹洞颠起沥青堆放与路口而红灯正要转成绿灯

而我正要去上城给猫做肝脏切片检查，拜访心脏病学家，

找出高血压，肾结石，糖尿病，眼底起雾与感觉迟钝的缘由——

感觉足底，脚踝内部，背部某处，龟头与屁眼都不对劲——

伴随年老而来的病快快的死感又在瞬息间将我环绕——

高中时我大腿的皮下可曾如丝般柔滑

但并没有人将那时的我抚摸——

城的那一头丝绒诗人正服下达尔丰，安定，睡得昏天黑地

猛嗑美沙酮的六楼房间的砖墙布满各种拼贴与写有词句的

金点儿碎纸："一切的一切不过是把给予你的人再给出去。"

1992 年 8 月 19 日

每日如此

喇嘛坐在
床上
拿着竹子做的
痒痒挠
他的假牙
放在
一大杯水里
映着窗台上的
阳光。

1992 年 8 月

游乐屋古董店

我驾车横穿美国
在一间乡下的古董店停下,这是
一间老派的房子,保养得非常好——
印花墙纸,锃亮的楼梯扶手
灯盏被灰尘覆盖,大烛台光洁如新
在衣帽间旁静静地燃着
楼梯下面,玻璃落地门旁是
盛水的罐子与白色的洗脸盆
绣花的餐巾与假花
乳白色与浅棕装饰了
红木边桌,一个黄铜的碗里放着卡片,
厨房里光滑而冰冷的火炉已经准备好
在夏日的尽头吞下劈柴,亮起火焰,
引火的树枝就在空空的壁炉旁,钳子和屏风
也安放在周围,二楼的装潢
和大厅一样精致
(布置着帽子,藤甲和镜子)
楼梯铺着地毯,门是纯橡木的,床上铺着毛毡
一架玻璃门的书架,闪闪发亮的棕色衣柜,
抽屉里塞满了旧领带与灯笼裤,
赛璐珞的衣领,几套长袖内衣,真丝与
涡纹旋花呢面料的衬衫与披肩——通往三楼
玫瑰红阁楼的楼梯五阶陡峭的楼梯
走向一面贴着玫瑰壁纸的空墙。
真是妙笔生花,具有错视画派的

艺术效果，何种醉人的照料与魔力盎然的意识
将这间古董店安排得当，唤它作
提供早餐的旅馆，旅人歇脚处
或灯罩收藏家俗丽的白日梦
显得太过实用——
但这仍是一间现代的商业机构
我们在驾车穿过马里兰州
去华盛顿见律师的路上偶然走了进去——
这儿有个侍者发现我们
对他的家很感兴趣
他伴随我们一路走出房门——
我真想停下来对他说："恭喜你
艺术一样的成就，你的古董照料得
精美绝伦，就如同当初被麦克德莫特
与麦高夫先生在 19 世纪 80 年代拍下来后
又在这千年的末尾重建成了 3D 的实体——"

我于是拿腔拿调地说着，侍者应答着，
心思飞到了别处，另有一位这房子
年轻些的主人
圆圆的脸，三十上下，岔着腿坐在
假楼梯上，对我们的赞美表示感谢
满心欢喜——然后我们就接着上路，这帮人
上了那条通往后现代之都的路。

1992 年 8 月 31 日

新闻只是新闻

戴安娜与罗杰·拿破仑的不动产帝国
扩张到了拿破仑城堡酒店的阁楼上
不锈钢与金色的门把手与浴缸镶边和窗台
但罗杰得了老年痴呆症，不能正常的记账
戴安娜因为漏税和伪造文书坐了牢
失去了掌管她城堡的权利，律师们将她的帝国分食
她身患重病，卧床数年，
皮肤增生，肝功能衰竭，肾脏失调，反胃
这座肉体的城堡功能停滞
她和她的灵魂被困在那里
那是什么？会去向何方？我是谁？
她躺在床上问着拿破仑，最后一次在海伦娜街闭上了双眼。

1992年9月7日，下午3点

秋天的落叶

我在六十六岁时才开始学习如何照料自己的身体
早上八点愉快地醒来拿起本子开始写作
裸体的我从床边坐起,留下另一个裸体的男孩靠着墙熟睡
搅拌味增蘑菇和青蒜和笋瓜作为早餐,
检查血糖,用正确的程序刷牙,牙刷,牙签,牙线,漱口水
给脚抹油,穿上白衬衫白裤子白袜子
独自坐在水槽旁
在梳头前放空一会儿吧,目前还未变成尸体一具
我很欣慰。

1992年9月13日,上午9点50分

在茅坑里

致 G.S.

在厕所里读着《没有自然》
坐在那儿,全神贯注
一页一页,忘记了
时间,忘记了我的下半身
放松,那玩意儿滴滴答答地
落入水面
——总比往外挤挤压压要强,
紧张,不自在——
最好别去想,读一本书,
让你的屁股解决自己的问题
总比痔疮,一大厚本的诗歌要强。

1992 年 10 月 23 日,上午 11 点

美国的句子

纽约下东区汤普金斯广场

四个光头站在路灯下的雨中同打一把伞窃窃私语。
1987 年

* * *

大胡子机器人在土星环上端起铀做的咖啡杯啜饮。
1990 年 5 月

* * *

在造访迪迪马寻找延续向第二个千年的达尔菲甲骨文时听穆斯林高呼"真主至大"
夕阳下阿波罗的圆柱间回响着一神的呼喊。

* * *

一轮新月,黄昏,姑娘们在驶向安卡拉的巴士上叽叽喳喳。

* * *

疲惫不堪的大使在晚餐桌边等待他迟到的亲戚。

***

去罗马那台伯河两岸的纷纷落叶间嘬你自己的大拇指吧……

1990 年 6 月

***

联合广场的雨夜,满月,还想要几首诗么?等我死了以后吧。

1990 年 8 月 8 日,凌晨 3 点 30 分

***

坐在暴雨中的巴士里慢慢接近首尔

开始习惯你的身躯吧,忘了你是生出来的,说不准什么时候你就得往外逃!

1990 年 8 月

***

在出租车里打领带,上气不接下气,赶去冥想。

1991 年 11 月
纽约

***

二十年前那些出租车的幽灵在黄昏游过巴黎的不二价商店。

***

这位满脑子"我干了他屁股"的年轻种马问我能不能带他去吃晚饭。

***

在离自己住的酒店两个路口远的地方出租车里胖喇嘛突然挤出一个鬼脸。

***

当我射在自己掌心里的时候我仍然能看见尼尔二十三岁的尸体。

1992 年 1 月
阿姆斯特丹

***

那洛巴的热水浴缸

大海里满是一丝不挂的年轻男孩与留着海神一般胡须的老人。

1992 年 7 月

***

他站在教堂台阶前久久不动看着雪白的新运动鞋——
做了决定，再转身快步走进去做他的周日忏悔。

1992 年 9 月 21 日

***

患有白化病的侏儒钻进了毛茸茸的豪华轿车去撒尿。

1992 年 9 月 25 日
莫德斯托

***

满头灰发穿着西服和高领毛衣的家伙自认为他还很年轻。

1992 年 12 月 19 日

死亡与名望

(1993—1997)

前　言

再　会

　　这是艾伦·金斯堡的最后一本书，可谓字字珠玑。这是他在医院意识到死亡步步逼近时最后的作品，他的回响与摊牌——他最后的思想。当医生和他说他时日无多的那天，他召集旧友传达了这沉重的消息。他安慰着大家，鼓舞着大家，就像这些朋友的生命是无限的一样。尽管这绵延四十余年的炙热名声让他疲于应付，但在他的世界里亲密与卓越一直并行不悖。那一种"此时此刻"定义了日复一日的存在中文学化的事物，而这一切最后也"对于东十二街鸟儿开始歌唱的五月黎明时 / 将大脑直直送入蔚蓝的云霄的轻盈来说 / 都过于沉重——"他是，并且一直是那个默默承受的朋友，是那个会和我们一起去随便什么地方的人，那个给出忠告与安慰的人，那个总是先我们一步接近事实的人，那个会问"谁将管理这些在瓦砾中挣扎求生的人 / 谁将在五月最后几日的春云 / 划过那月球上的人脸时"的人。他依然是那个无可挑剔的证人。

　　那些幽默、简洁、调侃的诗篇，不断揭露出这个世界走向愚蠢的真相，言之凿凿。这是死亡的壮丽，至于一具已经耗尽的身体，最终化为死硬顽抗的蠢话与一颗频出故障的心脏，他写下"将我们损耗的积累之和"这句时，可还年轻吗？没有讽刺，没有绝望，只有喜悦，因为当一个人可以"再没有对不对，是不是 / 没错 / 消逝消逝消逝"没有一个诗人像他一样被听到，被尊敬，像他一样理解旋律形式的错综复杂。在异想天开中他获得了许多乐趣,坚信诗韵会得到关注,为每一个单词注入新的活力。"把苹果剁成蜜饯,受苦!受苦!受苦!"在伙伴不停歇的音乐声中他翩翩而舞,优美之至。

如今,我们必需做自己的音乐,虽然金斯堡会永远和我们在一起。威廉·布莱克的深情呼唤"听,那吟游诗人的声音……",现在变为"作者已在永恒中",因为我们的世界在不停消逝。而英雄的声音,他们坚韧的人性中那持续的亲密,将我们与他们相连,深沉而让人安心。我们还能选择去何处生活呢?我们的朋友奉献一生,对惠特曼的内心主张保持忠诚。"触摸到这本书,便触摸到了一个生命。"所以金斯堡并没有离开过我们。"无尽虚空就在窗边的蓝天触手可及。"

罗伯特·克里利
1998 年 6 月 13 日

新民主愿望清单

为白宫的克林顿总统而作

再次浮现的格言:
"进步"在二十世纪结束。

超级理性主义通过狭隘而抽象的思想降低本性中自然的复杂性;

超级合理化,超级工业化与超级技术至上创造混乱。

美国指挥经济资助石化燃料,核能与科技,农业,陆运与空运,银行业,通讯业,军工复合体,正当与不正当的精神药物,还借由联邦通信委员会统治着大众传媒。美国的自由市场这个高科技神话被国家社会主义的集中管制渗透到它的各个角落,除了那些小买卖和不成气候的杂志。

肌肉的力量与适当的高科技结合或能使地球复兴。

缺乏与需求:

石化燃料使这星球疲惫不堪。为美国解毒:污火正毒害着地球,遮蔽蓝天,污染水源。

应该用具备退费功能的医疗保险着重进行疾病预防与非传统医学治疗去替代目前自我保险的健康信用体系:就像中国传说的那样,"把钱付给在你健康时看的医生。"

瑞恩怀特保健基金会,请打破疾控中心的政教一体,拨款赞助洁牙的药品,建立针头交换处与直言不讳的艾滋病预防教育,为那些分散管理的社区提供基础设施,为生活在被肺结核与艾滋病的瘟疫笼罩的城市中的,有患病倾向的,高危而贫苦的青少年,妇女与男性提供预防保健药物和早期干预的诊所。

协调国家的应急机制去研发廉价的抗艾药物。

打破艺术，教育与民法中的政教一体，为艺术行业恢复国家养老福利，给予联邦通信自由，将它从基要主义者的政治入侵中解救。

性的解放还未被确定。立法保护它。

将药物成瘾问题去刑事化，让医生有能力治愈成瘾者或在无能为力时减缓他们的痛苦。降低花在那些把法庭与监狱挤满的对麻醉品依赖的政治犯身上数百万的开销，使麻醉品交易医学化。

将大麻去刑事化，大麻的损害没有那么夸张；保留一部分大麻草如小股的资金秘而不宣地供给濒临破产的小型家庭农场，鼓励大麻纤维的衍生行业。

将迷幻剂私有化托付给具有传教性质的职业人进行医学教育活动。终结军方对于LSD的垄断与研发。

终止烟草种植补贴，减少使用。那些跟着克林顿混进白宫的尼古丁行业的游说者可以戒烟了。

转移粮食补贴的重点到蔬菜谷物的饮食结构上来。以营养，农业，生态学的灾难三重理由向肉类行业征税。

建立民间护林保土队，冲淡本地官僚机构对于民权主义者房屋重建的干扰。

鼓励国际生态贸易取代产生互相依赖的武器贸易。

为人口/土地开发/污染开创全国性的"增长限制"计划。

立即启动各个州，各个城市民用与工业的垃圾堆肥与回收程序。

为初高中的教师颁发荣誉，提高对他们的尊重，慷慨的奖励教育者们如同奖励水管工一样，把班级的规模缩小到人类族群的规模，不多于十五名学生；鼓励全国性的儿童保护计划。

把钱从 SLA 那帮恶名昭著的不当得利者同性恋那儿夺回来。

整肃美国军方在萨尔瓦多与危地马拉等等各地的敢死队的津贴。我们已经支持了那些扎伊尔、索马里、利比里亚、苏丹、安哥拉、海地、伊朗、伊拉克与萨尔瓦多的独裁者有些时日,我们应为此负责:承认并找到解决的办法。

公开中情局,联邦调查局与国安局反间谍计划突袭的档案,政府毒品交易的档案,肯尼迪与马丁·路德·金遇刺的档案,伊朗军售门的档案,巴拿马欺诈的档案,梵蒂冈的档案等等。包括布什与诺列加的关系与其他中情局代理人的丑闻。

公开所有埃德加·胡佛——红衣主教斯皮尔曼——罗依·康——乔·麦卡锡装着酒的衣柜,公开王后是如何和有组织犯罪共谋破坏美国的工人运动,如何打压本地的非裔美国人西班牙裔与同性恋这些少数族群的领导阶层,如何讹诈美国历届总统与国会长达半个世纪。

让那些政府的秘密警察(缉毒署中情局联邦调查局国安局等等等等)在下一个千年里不要再烦扰我们。

1993 年 1 月 17 日

愿波斯尼亚——黑塞哥维那获得和平

特蕾莎修女将军
一行禅师参谋长
约翰·保罗二世军队专职牧师
跟随着甘地,萨哈罗夫,
萨特与他的舅舅
艾伯特·史怀哲
的影子
走向炸弹洗礼过的街
在被烧毁的杂货店里
与波斯尼亚穆斯林交谈
与克罗地亚与塞尔维亚的将军们和议会斡旋
请求他们停止发射那些架在山顶的
对准祖母们早已消失不见的村庄的
大炮——
这里暂时是平静的——某几条小巷里
还有火在暗暗阴燃
几句尸体在水田里发出恶臭
——但,谁是这些屋舍的主人?这
大门歪斜的电影院?
谁拥有那杂货店,那市政厅,
那没有玻璃窗的屋顶已经碎烂的学校?
谁拥有这些小公寓,此刻
真主的全体信徒
正在一百英里外被包围的城镇里祈祷
他们挤在公寓房间与帐篷里,联合国的

检查站可安置在了路口?
谁拥有这些被玻璃瓶的碎片里外覆盖的
遭人遗弃的小巷与药店?
谁将出任法官,出任律师,归档
诉讼卷宗,
破产的文件,所有权宣誓书,
契约与陈年的税票?
谁将管理这些在瓦砾中挣扎求生的人,
谁将在五月最后几日的春云
划过那月球上的人脸时
睡在满月映照的墙壁垮塌的房屋中?

1993年5月6日,凌晨3点

聚会过后

我身边是这些叮当作响的玻璃杯，矿泉水，
教授们微笑的胡须边的杜松子酒，
穿运动鞋的古典学者，聪明的百万富婆
文学赞助者喜欢和同性恋厮混的女人
来自兰贝斯区，特罗卡迪罗广场
海德公园，第五大道的大地之母们
戴着手镯的金发记者，陀思妥耶夫斯基
和果戈理重要的读者们——
托派周刊高级编辑的女伴们，
坐在光滑的杂志封面上的女同性恋们——
我们这儿有什么？一个孩子从休息室
走进浴室，身形瘦小，
面色苍白戴着红色帽子，十八岁的玻璃清洁工，
是和穆里略太太一起来的
她倾慕于那孩子的冒失劲儿，他纯美的双腿
令她快乐
我也倾慕于他的匆匆一瞥，他转过头来
注视着我，我开心地琢磨着
他将如何在床上为我展示他的裸体
在我们侃侃而谈那些精妙的旧学说
与俱生智慧的时候

> 1993 年 10 月 5 日，罗兹
> 晚 9 点 15 分于"在建工程"诗歌朗诵会之后

奥拉夫·H·豪格之后

一

一些人住在岛上，接近特隆赫姆的丘陵
一些人住在圣莫里茨，或是深深的密林
一些人孤独地坐拥美丽的妻妾
城堡，华尔街精美的地毯
买进卖出各种货币，寂寥地站在大理石地板上
沉浸在一种对石化燃料的强烈热爱中
被大炮，激光，投弹瞄准器和浓缩铀深深吸引
或是一起纵横于股票市场的游戏
他们在掷出的色子中生生死死
他们全是买卖人
他们找到了彼此。

二

骚动的丛林
北风呼啸
鱼儿环绕空地飞翔
风渐弱
鱼儿在水的浅底飞翔。

三

虔诚在某些时刻

用英雄二字将我击中
人们漫无目的的狂奔
波多人赢得了挪威足球杯
这里挤得够呛,球迷们都喝醉了
人们的脚已不分彼此
那个壮汉失落地
徘徊着,光着脚
他找不到属于他的脚——
最后他离去,走上
归途的夜路
一路暗自琢磨着
这双脚是否真正属于自己

> 1993年10月25日,特隆赫姆

在这活明白了的年纪

在这活明白了的年纪
屁
在这活明白了的年纪
步履蹒跚
在这活明白了的年纪
令他们想起自己的祖母
在这活明白了的年纪
服用水丸,身患高血压,
看着他们手中的糖与盐
在这活明白了的年纪不再吃那么多的肉,
一些人在十年前就已戒烟
一些人戒掉了咖啡,另一些越喝越浓
在这活明白了的年纪目睹了
老友们的葬礼,给女儿与孙女们
打了不少电话
一些人还在开车,另一些不了,一些人还在做饭,
另一些不了
在这活明白了的年纪通常
不太爱发言。

1993 年 11 月 5 日,慕尼黑

来啊西方文明的猪猡们再多吃一些油脂

吃吧吃吧在多吃些大理石纹的牛腰肉多吃些
猪肉汁!
浇上猪油,在沸油里
炸鸡
拿着它滴滴哒哒地到灰色地带去,再降下
雪白的盐,
覆盖着薄荷的小羊羔的架子上翻烤
旁边围绕着浸透了奶油酱的烤土豆,
涂着奶油大片的小牛肉在粘稠似乳的唾液里搅动,
涂着奶油的牛肉,旁边堆起山一样的
亮晶晶的薯条
奶油烤杂拌上浇着热乎乎的酸奶油,排骨
浸在橄榄油里,
还摆着一圈儿橄榄,咸羊奶酪,紧随其后的是
洛克福羊乳干酪,蓝乳酪与斯提耳顿干酪
渴了吗
有红酒,啤酒可口可乐芬达香槟
百事松香酒亚力酒威士忌伏特加
啊!但要小心心脏病来袭呀,再倒出几粒
心绞痛的药吧
点一大盘德式小香肠,煎法兰克福肠,
几十亿份温皮与麦当劳的汉堡包
堆到月球再打个饱嗝!
往这些薯条上多撒写盐!热狗!奶昔!
忘掉那些青豆吧,还有"每天来几根"的胡萝卜,

小小一大勺的咸米饭就好啦，
摆在盘子边多么好看；
丢进去一些醋腌的咸菜，咸德国泡菜
检查你的胆固醇，吞片儿药
再点一个忌廉多纳圈，在你四十四号的腰带下
再多打包俩
在过道里昏倒醒来后吐出
一条条的三明治还在嚼着
卡兹熟食的熏牛肉
回到中欧去罗兹大嚼波兰熏肠
吞下慕尼黑配着啤酒萨拉米香肠，柏林
放在裸麦粗面包上的肝泥香肠，
宪法广场三星级酒店里油腻的
放在涂了厚厚的奶油的白面包上的奶酪
为发展中国家做出了榜样，盐，
糖，动物脂肪，咖啡烟草杜松子酒
死得更快！给那些带着
异域的豆腐卷心菜与大米的
外籍华工腾地方！
还有那些吃赤小豆与葫芦的非洲人拉丁人
他们能保持身材挤在吃怪异食品的
劳工阶层的公寓里面——
不像西餐富含蛋白
癌症心脏病高血压汗液
浮肿的肝与肥大的脾
糖尿病与中风——肉食文明
不朽的纪念碑
这个文明正在谋杀贝尔法斯特

波斯尼亚赛普拉斯纳戈尔诺卡拉巴赫格鲁吉亚
给维也纳寄去夹着炸弹的情书
纵火烧毁东德的房子——再来一杯咖啡吧,
给你根雪茄。
这儿还有份黑森林巧克力蛋糕给你吃,
这是你应得的。

        1993 年 12 月 19 日,雅典

我们就这么围着桑树丛转圈

我老了,拉裤子了
拉裤子了
拉裤子了
我老了,拉裤子了
又拉裤子了
我们老了,我们拉裤子了
我们拉裤子了
我们拉裤子了
我们老了,我们拉裤子了
我们又拉裤子了
你是多么幸运地步入老年
还拉了你的裤子
还拉了你的裤子
你是多么幸运地步入老年
再次拉了你的裤子

1994 年 1 月 1 日

星期二早晨

醒来的时候后背脊柱底部的位置阵阵作痛,僵硬地走到厨房的卫生间去撒尿,

回到凌乱的床上软乎多了,坐起来写字,梦一般的昨天被记录下来——

依靠药剂师开的六十毫升的利尿剂还有水丸把血带回到肾脏去减轻心脏因为肺液产生的压力

一片白色的地高辛使得心脏更为稳定,一片棕色的依那普利稳定血压

一片圆形的蓝色钾片放在早餐边上

再旁边那杯水供我狂饮去解干渴一夜的舌头

火炉上的水已经沸腾,盛四分之一茶匙的

西藏药粉直接合着热水送进嘴里。早晚各一次

接着铺床——把床垫拉出来,用力抖起床单在空中形成一个大鼓包好将四个角都铺到位,

摆好橘色菱形图案的墨西哥羊毛毯与三个枕头——把床垫推回原位

刷牙——剔手指甲

只要早晚各一滴,美精技血糖试纸能给你血糖读数

今天是九十八,有一点低,用一块酒精棉擦擦小拇指,再喝一小口药茶——

把看书的眼镜换成双光眼镜,在前厅的水槽里刷牙并看着窗外,四层楼下

行人走过教堂的大门

正午的钟声响起,厨房墙上厕所柜子上方的表滴答作响——冲水拉环

今天早上又好了，冲干净了摇摇晃晃的白瓷马桶——最好让超级迈克来修修管道——

回到前厅，刷牙，肚子感觉一阵翻腾的解脱感，拿起电动剃须刀，

把刀头上的灰色污物清理干净，洗脸，清清嗓子里黄灰的痰液，用纸巾

擤鼻涕，伸出小拇指拐了点硼酸抹在了两个鼻孔里，擦擦胡子，穿上件短袖衫

沿着秃头涂了一圈菲达力，把小胡子向后梳理——独自在家穿着四角短裤的我

可以吃早餐了，又撒了泡尿，窗外的云有一些灰暗

麻雀在庭院的土地上，光秃秃的臭椿——昨天的读了一半的纽约时报还躺在那张

红色的郁金香已在玻璃瓶里干枯的桌子上——是该彻底丢掉那堆精致的尸体了——花瓣没怎么落——

冲水，爬上梯子去修理浮球。洗屁股换内裤，选择新鲜的袜子——

终于可以吃了，整洁而安全的早晨——已下午一点

从冷冻室里拿出了无盐的玉米片，糙米与小麦片都放在一个中式的碗里

之后倒进米梦牌米浆奶——别忘了香蕉！

嚼着琢磨着读点什么好，接电话，没错，"彼得飞去了科罗拉多，汉克的租约快到期"去赞助宏——

吃完谷物早餐读者昨天的纽约时报"精神病人如何在户外睡觉"

"'商会，我在雨中行走，'他说，他的双手与双唇因为他服用的药物而颤抖不已。"

丢一片多种维生素到我自己的嘴里，抓住一只碟子，那些水果已经烂了两个晚上了——

铃铃铃电话响了——是办公室打来的，鲍勃·罗森塔

尔。宝石心救济金的黛比，
　　伊斯拉艾尔·卢巴维切这同性恋在巴黎呆了一年后跑回来了
　　伊迪丝不在家，亲爱的姑妈下周也要去澳大利亚，
　　她在1942年中过风还做了脾切除，说来话长
　　大卫·罗马在萨旺的香巴拉仪式为哈利法克斯准备艺术项目
　　——终于下午三点了，我穿戴整齐去喝几个小时的咖啡——
　　给罗伯特·弗兰克打电话？呃，他出去了，下午晚些时候再打把。我自由了。

1994年1月23日

上　帝

那十八岁的水兵"已和上帝和解"。

一个单词。一个大写字母 G。谁是上帝？我认为我曾经见过他

曾经听过他的声音，那种声音和我自己的一样，

但我不是上帝，那么谁是？《圣经》里的耶稣吗？

谁的《圣经》？老耶和华吗？那由四个没有母音的字母或者那三个字母组成的单词吗？G-O-D？

安拉？有些人说安拉很伟大，如果你嘲弄他的名你就死定！

琐罗亚斯德的智慧之主曾经很伟大，摩门教的版本却变成了绝对的血统论与谱系。

教皇的上帝与南方浸洗会绝对正确的电视传道者的上帝可是同一个上帝？

那又是否与阿亚图拉的安拉，双膝跪地的葛培理牧师与尼克松、罗纳·德里根声称的善恶决战的神性一致？

如果犹太教仪式派拉比的上帝拒绝降临进行和平的交流又会怎样？

亚西尔·阿拉法特的上帝和沙米尔的上帝可是同一个上帝？那玛格那玛特呢？

阿芙洛狄特、赫卡忒、黛安娜这许许多多的神明在以弗所傲然挺立，

圆底座的维伦多尔夫的维纳斯比耶和华、安拉、琐罗亚斯德的梦还要悠久！

比孔子、老子、佛陀和三十九位鼻祖还要悠久。

上帝是真实的么？上帝存在么？为何有如此多的

上帝——

互相撕扯,可怜的玛雅人,阿兹特克人,秘鲁的太阳崇拜者?霍皮人佩奥特仙人掌的追梦人围着半个月亮映照的火堆。

我难道是上帝吗,创造出这个宇宙,我们的梦交织在一起将它创造

或是顺着瀑布滚落到这地球,需找人类的先祖?

我知道我不是上帝,你是吗?别傻了。

上帝?上帝?人人皆是上帝?别傻了。

1994 年 2 月 25 日

啊,战争

啊,战争,这最强效的毒瘾
这魔力渗透产业的根基
劳动密集永恒不变的树形结构
农作物蛋白质的能量系统
循环再利用的城市废弃物
在冥想的无我状态
与有神论的空间的
利斯纳礼堂里

1994年3月21日,星期一,下午8点

排泄物

每个人的排泄物都有不同的分量
想想看吧——
玛丽莲·梦露美丽的屁股,
埃莉诺·罗斯福放下灯笼裤
鲁道夫·华伦天奴坐在马桶上,紧张的
肌肉得以释放
总统们俯身看着马桶
判断着自己的健康状态
我们白宫里面色红润的节食者,
最后有一个面色憔悴的讨厌鬼
在水牢里把裤子
褪到了脚踝上
能叫得上名字?不过是
蔬菜、牛肉、香肠和米饭的副产品
在水汪汪的容器里缩成棕色的小小一条,
公路上黑泥飞溅
为两边的玉米地
镶嵌了花生与葡萄的种子——
又有谁不用去解决那个文体
无论是贵族,好莱坞闪耀的巨星,拥有如疾雷闪电般的
豪言壮语的媒体人,每个餐桌前的人
都冲了马桶
普普通通,轻轻松松
带着放空的感觉回到宴会上,
回到床上,坐等早餐,
一堆污秽从肚肠里解除,

从屁眼里放出
舒适且放松
那成吨的老泥土
又回归了泥土
那事儿未曾在大庭广众下进行
除了卡通，肮脏的谣言，
政党扭成一团的左右派
那显赫的红衣主教把袍子撇到一边，
那日本王后扯起她六十磅的和服，
扯起一层又一层的真丝料，
那德国的政治贵族放松自己心脏的压力
那俊美的男学生在海德尔堡
在化学处理机的抽象之间，
打孔机操作员在巨大的新闻编辑部里
编辑们的老婆和孩子
拉出的粪便有斑斓的色彩
从补铁的铁黑
到香肠淡淡的绿白
种种佳肴终会
沦落遥远的郊外
小小的厕所里，
就连前院草坪上的狗
也会制造自己的
和人类的排泄物类似的
模拟品
我们都得拉
我这诗人已在马桶上渐渐老去
缪斯女神波吕谟尼亚，也得在这王座前弯腰——
这是何等的解脱！

1994 年 3 月 24 日

奇异恩典的新韵脚

我梦见我流浪街头
孑然一身
人们经过我的时候
如同经过空气，只有冷漠眼神
啊，无家可归的手掌向路人乞讨
请接受我命运的转折
给我友善的微笑或词语，都好
施以无畏的施舍
唉，劳动者虽听到我在呼号
却无力分给我一毛
也不看这双无家可归的眼睛
他们惜时如金
富人啊穷人啊，我不求你们把黄金给我
只求微笑出现在你们的脸
当你经过那些无家可归者
他们会得到你奇异的恩典
我梦见我流浪街头
孑然一身
人们经过我的时候
如同经过空气，只有冷漠眼神

1994 年 4 月 2 日

应埃德·桑德斯的要求为他制作的《新奇异恩典》填词，于 1994 年 11 月 20 日在布维尔的圣马可教堂的诗歌活动中出演

城市点亮城市

公元 2025 年，年轻的英雄与缪斯忧郁地走在费林格蒂与凯鲁亚克小道

音乐家们聚在一起缓缓走过鲍勃·考夫曼大街，在雷克斯罗斯广场排练未来的爵士

精神书籍的写作者们全神贯注地坐在萨罗扬广场的路牌下冥思然后穿过阿兰姆小巷

在麦克卢尔广场的集市前用眷慕的双眼凝视着湾区的水面泛起晶莹剔透的浪花

那古老的市场如罗伯特·邓肯大道两边充斥着各种通神学商店与炼金术百货公司

走过邓肯大道的路口：第一条街名为迪普瑞玛第二条街名为亨利·米勒第三条叫做科尔索大街

第四条叫杰弗斯大街第五条的约翰·维纳斯大街上是灰狗巴士的终点站

它们围绕着书店画廊，一排排的出版商与艺术家的阁楼

观光客们坐着旅游巴士呼吸着哈罗德·诺尔斯峰与赫希曼峰潮湿而清新的雾——虽然老，但是妙

肯·克西的名字让海滨成为名胜如同你匆匆路过的埃维森兄弟纪念体育场

惠伦大桥静静冥思一路通向奥克兰

斯奈德大桥连接起旧金山与马林的东西之门

一群群的通勤者们精疲力竭地钻进科尔索大街的尼尔·卡萨迪地铁站

切斯瓦夫·米沃什街的牌子在范内斯街闪闪发亮

诗人杰克·米什莱恩得到田德隆区，菲利普·拉曼蒂亚

塔坐落在电报山顶

  至于我，我要恶魔岛（再把美国原住民的称号还给金银岛与我为伴）

1994 年 4 月 21 日

纽特·金里奇向"麦戈文式的反主流文化"宣战

男孩子在一只耳朵上佩戴了超过一只的耳环是否就是宣战的声明?

为了对抗每一个肚子上打了环儿的女孩?那么打了鼻钉的呢?在右鼻孔上镶了钻的呢?

那又是否意味着死亡音乐会上嗑嗨了LSD的人在更多的情况下是便衣警察?

那么MTV又如何——没有迈克尔·杰克逊,没有迪伦的地下乡愁蓝调?洋子与约翰再也不能给和平一个机会

会不会有法律来禁止朋克,X世代,巫毒小子,懒汉乐队,垃圾音乐?

布鲁斯,爵士,咆勃爵士,摇滚?他们是怎么琢磨出反主流文化这个词的?

那么猫王呢?难道让音速青年成为哑巴,让柯本尖利的啸叫从涅槃里消失?

难道大学校园里再不允许任何一根大麻,迷幻蘑菇在大象的聚会上被踩得粉碎?

那么非裔美国人怎么办?那是标准的反主流文化,还有那黄祸,

中餐馆又怎办吧?新时代的厨艺?日本的寿司承载了过多的禅意?

打坐冥思,国会是否会皱皱眉把它定为撒旦的行为?那么太极、跆拳道、空手道、武术、芭蕾又如何?歌剧与波希米亚又如何?

没提到我们这些给男人口交的人吗?那么我倒要问问为女的口交算不算是反主流文化?

萨福、苏格拉底、达·芬奇、莎士比亚、米开朗基罗、普鲁斯特在不在这个标准中?

从首都那座联邦调查局的花岗岩石碑上抹去胡佛的名字吗?

诗歌具有抨击性,那么诗歌也属于反主流文化,就像第三党那样?

生态学是否赞成文化的存在?天文学能否决定宇宙的年龄与大小?

构想出相对论的长发的爱因斯坦算不算反主流文化?

1995 年 1 月

柔和的句子（节选）

老鼠吃掉了她胸膛里那颗血红的心脏，她在爱情中心神不宁。

星云的重量使他弯腰蜷伏在山脚下。

当你梦到他的时候有一只比你耳朵还要大的蝙蝠在观察熟睡的你。

浑圆的蓝眼珠睁着在这个世纪最大的电灯泡下面是它红色的嘴唇。

下巴瘦长的俾斯麦梦到一朵肥硕的红玫瑰绽放把刺茎穿透了他的头颅。

在蓝色的子宫里一个已经发育成熟的女孩蜷缩着眼睛闭着梦着她的出世。

小矮人们在他们十瓣的黄菊花里做出双身佛的动作。

手掌修长的苏丹母亲用左眼看着肚子鼓胀的孩子们瘦弱的肋条。

在交媾的男女之间有一条血红的虫喷出它恶心的胸腔。

那独眼的白鲸把你的哭泣看在眼里，乘着一艘苍白的小舟在棕色的大海漂荡。

三十个王国的钥匙穿在一起披挂在他的胸前，在教皇的梦中他就是圣彼得。

1852 年，珍妮·杜瓦尔的面颊被一只巴黎的苍蝇弄得痒痒的。

从你头颅上的两片儿肉之间吐出香烟的雾，烟跑到了你空洞的眼睛里。

括约肌的伤在他的胸口作痛，他忽然跪倒在地举起双手开始祈祷。

全都纠缠在了一起，乳房脚生殖器乳头与双手，全都深深地睡去。

亚当沉思着他的肚脐被一丛嫉妒的心覆盖。

身体伸展显露无遗，黑色的双腿低垂，她舔食他的冰激凌——白色的性舌。

一只半人马的掌冲破大地的硬壳举起一只红色的狗向着群星吠叫。

她的狗舔着蜷缩在床上的非洲女人那颗跳动的红色心脏。

赤裸裸地独自在牢房里他低头看着自己勃起。

双手紧紧地握着她的屁股快乐地舔食那颗夹在她两腿之间的蓝星。

在那小小的生着粉翼的女性花心旋转着，玫瑰一样的阴道双腿张开接近他坚硬的黑色阳具。

时髦的鞋子长眠在社交时尚的金钱那黑玫瑰的漩涡里

她的姿势非常自信，蓝天与白云都来自她浑圆的子宫。

这女身的佛陀在蓝天一片绿叶间沉睡，双膝抬高一丝不挂。

眼睛睁着在星光闪闪的天际枕着光芒点点的蓝枕头休息。

那黑人走进了阴影中，回头看了一眼他上了的阳光男孩。

腿抻到脖子后面，胳膊垂着，这瑜伽者阳光的肛门中心是火红的。

向着蓝天吹着泡泡他蹲坐在属于他自己的蓝泡泡星球上。

星星，鸟儿，手杖与大股骨，婴孩幽灵梦见的生活超越了子宫。

关于他们长长的粗尾巴，蓝色恶魔与金剪刀搏斗。

他踏上那头躺在床上红红的那玩意已经要勃起的属于他

的野兽。

女人优美地从他的大腿向上蠕动去扰弄他的生殖器。

左食指在他的左手心里探弄着检验着这个多疑的托马斯。

他们交换了彼此一瞬的目光,一只蜜蜂跟着她的尾巴,一朵玫瑰在他的胯骨间生长。

威廉·伯勒斯的骨架拧成一股毛巾,他盖着一块血腥的抹布。

那玫瑰姑娘弯跪在地上,铁水槽压在她的尾椎,小腿与脚底。

马儿叠着马儿一匹接一匹,躺在最上面那匹身上打你的第四十个瞌睡。

他赤裸地从那上面跳下闯过太阳的光晕直至潜入太空般蔚蓝的海。

大幕挂在一根钉子与它的阴影上,轮回的戏剧,第一幕。

红唇的胖亿万富翁出现,你试一试他那微小的阴户或阳具。

揽着他的脖子,他的乳头,她的肚子,总统和他的妻。

浅绿色的无头幽灵上上下下兜兜转转下面挂着那薄薄的勃起物。

天使报喜节她在堆成金字塔形的油腻的黑石头下弓着脖子。

在下面那长出眼睛的乳房与有尖嘴的黄蜂间是粉色玫瑰的开口处,最好赶快进入!

进入她红色的子宫那雌雄同体的胎儿闭上了第三只眼。

擦拭着来自于苦役的血黑泪水,试图举起你悲伤的大脑袋。

妒忌!妒忌!用手托着下巴他沉思着那不忠的缪斯。

年轻的唐璜勇敢地展示出他少女情怀的性感红唇与

眼影。

我被困在了这我自己褐色身体里的熊熊燃烧的屋舍我晕了过去两眼圆瞪。

巨大的阴茎，黑色的子宫里填满红色的血肉，看看这我们生出来的小猴子。

一只鸟儿站在一尊如鬼一样白得生殖崇拜雕像岿然不到的顶端啄着自己的胸。

她飞下经年的千级石阶，老人们往上爬的时候都在倒行。

为佛朗西斯科·克莱门特而作
1995年6月24日，雪侬梭堡
1995年7月5日，纳洛帕学院
1995年7月22日，堪萨斯州劳伦斯

意义是

迪伦的意义是个体反抗整个造物
贝多芬的意义是在电闪雷鸣的云中伸出来的一只拳头
教皇的意义是流产与死者的精神……
电视的意义是让人们坐在他们的屋里盯着看自己的事
美国的意义是成为一个遍布牛仔印第安犹太黑鬼与美国人的大国
还有东方人奇卡诺人工厂摩天楼尼亚加拉大瀑布炼钢厂收音机无家可归者与保守党，别忘了
苏联的意义是沙皇斯大林诗歌秘密警察共产主义在雪中行走
但那不是真正的俄罗斯那是一个概念
概念的意义就是讨论如何从月球上观测地球
而绝不登上月球。月球的意义是爱与狼人，坡也一样。
坡的意义是从太阳的角度观测月球
或是从坟墓的角度
任何事的意义在于某事，如果你是一个干瘦的一根接一根抽大麻的电影制片人
世界的意义是人口过剩，帝国入侵，杀虫剂，种族灭绝，自相残杀的战争，饥荒，大屠杀，大规模的伤害与谋杀，高科技
超级科学，原子中子氢原子的碎屑，辐射慈悲的佛陀，炼金术
通讯的意义是垄断电视广播电影报纸围绕地球转个不停，也就是行星的审查机构。
宇宙的意义是宇宙。

死亡与名望（1993—1997）

艾伦·金斯堡的意义是一颗困惑的心灵写下来自火星的头条新闻——

　　读者的意义是救赎，倾听者的意义是性，精神的体操，对于蒸汽机车和驿马快信的怀旧之心

　　希特勒斯大林罗斯福与丘吉尔的意义是算术与四边形的方程式，高于一切化学物理与混沌的理论——

　　谁在乎这一切的意义是什么？

　　我在乎！埃德加·爱伦·坡在乎！雪莱在乎！贝多芬与迪伦也在乎。

　　你在乎吗？你在乎自己的意义吗

　　还是你只是一个长着十只手指两只眼睛的人类？

1995年10月24日，纽约市

骷髅们的歌谣

总统的骷髅说道
我不会签署这项法案
发言人的骷髅说道
不,您得照办

众议员的骷髅说道
我反对
最高法院的骷髅说道
洗洗睡

军队的骷髅说道
买顶尖的炸弹
上流社会的骷髅说道
别给未婚先孕的妈妈们吃饭

野蛮人的骷髅说道
停止肮脏的艺术
右翼的骷髅说道
忘掉你的心在何处

诺斯替教派的骷髅说道
人身乃神明所赐
道德多数派的骷髅说道
不,不是,我生,我又死

佛陀的骷髅说道
慈悲是一笔财富
大公司的骷髅说道
那将给你的健康带来变数

基督他老人家的骷髅说道
救救穷人的命
神子的骷髅说道
治治艾滋这病

同性恋恐惧者的骷髅说道
搞基的都是蠢货
遗产政策的骷髅说道
黑人快没好日子过

大男子主义的骷髅说道
女人该干嘛干嘛去
基要主义的骷髅说道
人类需要多多繁育

生命权利的骷髅说道
胎儿也有灵魂
选择优先的骷髅说道
把那玩意挤出阴门

被精简下岗的骷髅说道
机器人抢了我的饭碗
打黑除恶的骷髅说道
给暴民们尝点催泪弹

州长的骷髅说道
撤了学校的午餐
市长的骷髅说道
吞下紧缩的预算

新保守派的骷髅说道
无家可归者滚出街道
自由市场派的骷髅说道
不如把他们论斤卖掉

智囊团的骷髅说道
自由市场才是正路
储蓄信贷协会的骷髅说道
有些钱该让国家付

克莱斯勒的骷髅说道
该付给你，还有我
核电站的骷髅说道
还有我还有我还有我

生态主义的骷髅说道
让那天空永远湛蓝
跨国公司的骷髅说道
蓝天对你有什么用？

北美自由贸易协定的骷髅说道
贸易来，发大财，
美墨联营工厂的骷髅说道
卖苦力，工资低

富有的关贸总协定骷髅说道
世界大同，科技发达
来自底层阶级的骷髅说道
等着吃枪子儿吧

世界银行的骷髅说道
把你的树砍倒
国际货币基金组织的骷髅说道
买美国的奶酪

欠发达国家的骷髅说道
给我们大米
发达国家的骷髅说道
卖了骨头把色子给你

世界大合唱的骷髅说道
那是他们的命
美国的骷髅说道
为了科威特咱得搬救兵

石油化工的骷髅说道
咆哮吧，炸弹，咆哮！
迷幻的骷髅说道
把恐龙当迷幻药

南希的骷髅说道
向毒品说不
拉斯塔的骷髅说道
南希你吹牛打不住

煽动家的骷髅说道
别抽大麻
酗酒者的骷髅说道
任由你的肝脏腐化

瘾君子的骷髅说道
啥时候咱来上一针?
老大哥的骷髅说道
把臭流氓关进监狱

镜子的骷髅说道
你好,美人儿
电椅的骷髅说道
今儿咱们煎啥玩意儿?

脱口秀的骷髅说道
× 你妈的
家庭价值的骷髅说道
咱家排第一

《纽约时报》的骷髅说道
这玩意儿印出来恐怕不太合适
中央情报局的骷髅说道
能不能照办?你知我知?

电视台的骷髅说道
相信我的鬼话
广告公司的骷髅说道
安心当个傻瓜!

媒体的骷髅说道
保持一致
沙发土豆的骷髅说道
关我屁事?

电视的骷髅说道
广播的玩意最烂
新闻广播的骷髅说道
节目播送完了,晚安

1995 年 2 月 12 至 16 日

你明白我什么意思吧?

我曾经是个娇羞的十岁男孩儿,你明白我什么意思吧?

躲在东区高中的储物柜里生怕被人发现你明白我什么意思吧?

厄尔优美的臀线和二头肌会在他脱掉衣服换运动短裤时展现你明白我什么意思吧?

他的鼻子可能有点太长了,他的面孔看上去就像是雪貂,但他白净的身体

匀称苗条,肌肉线条清晰的大腿与胸膛,还有小男孩儿的乳头你明白我什么意思吧? 未割过包皮的,

奇异的与非犹太式的美你明白我什么意思吧,我目瞪口呆——

当我在高中五十周年聚会上认出他的时候,弯腰驼背,正和什么人交换着温软的词句,你明白我什么意思吧?

他现在退休了,坐拥娇妻,你明白我什么意思吧?

而在二十五周年聚会时来过的那个有着"班妓"外号的最贴心温暖的女人米莉·佩勒已经去世了啊

她对我这个东区高中喏嚅的同性恋小男孩儿曾是那么地友善,你明白我什么意思吧?

1995 年 12 月 23 日

肚肠之歌

你咳了好几个礼拜
没错,你已不在软垫上坐着用谎言编织意象
你上个星期已经住进了医院
没错,你还读报纸
刚刚从充血性心力衰竭中恢复,
你上个星期花了七个小时读周日的《纽约时报》
听着,你的生命有限,何必把珍贵的分秒空掷
你想知道不能呼吸是何种滋味么?
你准备如何使用生命最后的六分钟?
看上半打同性恋色情电影对你可有什么好处?
你现在的呼吸都有点困难,还有什么必要玩弄你软绵绵的玩意儿?
你的导师赐你金玉良言,当时你听了,又做了几个礼拜
然后就重返你的陋习,浪费大把时间在厕所里看书,
在凌晨三点的厨房水槽里刷着盘子做白日梦。
你如果现在不准备好,你到了黑洞以后可怎么办?
你难道想来生做个漂亮小姑娘走过青春期泥泞的雨季?
你难道想身陷于蛇与蛇交媾的缠绕间?
在这生死模糊的时刻,你还想和谁上床?
是什么催生了你的懒惰?你可还没有躺上你的临终之床,
假如你还有一盎司的气力,就用它看看你自己。
放下你思想的担子吧,那些永不停息的大灾大难
和肆虐的瘟疫你躲也躲不过去——
不管那是什么,你怎么就不能去琢磨琢磨?

你就想这么迷迷糊糊地登上报纸的头条,
在"中阴"里声名鹊起有何意义?
艾伦·金斯堡声称,这些言语不会解决你们任何问题
这一堆笑话等所有人走出七道门时便不再好笑。

1996 年 1 月 2 日

流行曲调

是什么声音
悄悄地钻进了我七十岁的耳朵——
是曾经流行过的曲调,古老的韵律
与我熟悉的符文构成的回响
是一首又一首母亲教过我的歌谣
"告诉我,美丽的少女
咱家哪一个
能比得上你?"
表妹克莱尔在纽瓦克电台里听到这首歌
伊拉诺姨妈在布朗克斯的留声机里放着这首歌
银铃之歌尖锐的高音音符,
绵延不绝的阿梅丽塔·嘉丽-库契与罗莎庞塞尔
戛然而止的手摇留声机里意第绪语独白
《电话里的科恩》,
那阵风那阵风,
"昨夜大风吹,吹啊吹百叶窗沙沙响。"
"我没说'闭嘴'!"
这变幻莫测的词语来自一位苏格拉女低音
女声吟唱着"爱人啊,
爱人,我深色眼瞳的爱人"
问问八十三岁的汉尼姨妈,问问刚满九十岁的伊迪丝继母,
她们知道——
她们记得
"木头士兵进行曲,"

《玩偶国历险记》中
铁皮鼓与管乐的歌声
"穿过麦田"的歌声
已经被在联合广场站
L 线的月台上弹着吉他
的新一代民谣歌手遗忘——
也许他们弹的是曼陀林与巴拉莱卡琴
唱着乌克兰情歌《黑眼睛》,
还有托马斯·摩尔的《夏日最后的玫瑰》——
在这时光的头颅里回响
伴着我血液中过高的糖分
秋末冬初持续几周的咳嗽,
与慢性支气管炎直到我生命的尽头?
还有"一切都会倾覆,婴儿的摇篮和全部"
那二十世纪三十年代的一切已经倾覆
伴随着悲恸的"泥潭沼泽士兵"
的歌声

1996 年 2 月 9 日

凌晨五点

是冲动将我送上云端
进入那洁净的空间，永恒且不朽
一百年，两百年
呼吸转化成词语
然后再变回呼吸
已接近不朽，
萨福的富有韵律的呼吸
已绵延了二十六个世纪——超越了时间，钟表，王朝，身体，汽车，
战车，太空飞船摩天大厦，帝国的铜墙铁壁，
锃亮的大理石，头脑中
印加的艺术品——但它从何而来？
是灵感吗？还是缪斯为你勾勒的气息？是上帝？
不是，不要相信那些话，无论你将来去了天堂或是地狱都会纠缠不清——
是内疚的力量驱动你的心脏整晚跳动着
清醒着将空白泛滥在你的大脑，回响着直达未来的城市，超级都市或是
克里特岛的村庄，拉西锡平原宙斯降生的洞穴——还是奥齐戈县的农家，堪萨斯屋舍的前廊？
佛陀帮了个忙，未曾承诺给普通人任何的涅槃——
或是咖啡，酒精，可卡因，致幻蘑菇，大麻，笑气？
都不是，这些对于东十二街鸟儿开始歌唱的五月黎明时

将大脑直直送入蔚蓝的云霄的轻盈来说都过于沉重——
它自何而来,又决意要去向何方?

1996 年 5 月

力　量

核子的力量，女性的力量
妇女的力量
花朵的力量，来自万寿菊
与玫瑰的力量，红杉树的力量，
自然的力量
此生或来生
都不再绽放，这纪元已接近尾声，
种子被发射出来，进入用无数
飞机失事过的沼泽孕育着
鳄鱼与水虫的大地，
来生的来生，目睹玫瑰
变红，万寿菊变黄，
水杉的幼苗向着蓝天进发
数百万的非洲儿童
在绿色的灌木和耀眼的
长颈鹿间再次长大成人——
在那十二街转角的大道，一位夜巡的警察
靠在酒铺的卷帘门上扫视着
寻找着上周贩卖古柯碱的黑面孔

1996年5月15日，上午11点

愤　怒

我怎么就愤怒了？让我们试试分析法：
我现在还生卡洛琳的气么？四十三年前她
把我和一丝不挂的尼尔一脚从她们
圣何塞家中的床上踢下来——
还在卑微地记恨着波德赫瑞茨
在 1958 年对我们垮掉派作家
和同性恋做出的污蔑
接着他又为萨尔瓦多
训练敢死队和贩毒的将军们
和狂轰滥炸的 B2 轰炸机辩护
固执地坐着，一个钟头，一肚子火
唐卡小偷与冰毒脑袋的盖顿的公寓里
有我从来没机会要回来的跳舞骷髅
东休斯顿街，1963 年至今——
绝不原谅艾伦·马洛在 1975 年末
把借给我的一百块钱偷了回去
那是我在四年之前送给加尔各答的乔蒂·达塔的
在和批评家沃尔特·古德曼的电话中我大发雷霆
因为他大加污蔑
君特·格拉斯造访贫穷的南布朗克斯区
1985 年的国际笔会
与我对尼加拉瓜反政府战争的和平请愿
他一概嘲笑说那都是
"适宜见报的大小事"

1996 年 5 月 18 日

多重身份问卷调查

"一尘不染,一切都全然纯净;
生来纯净,这便是我。"

我是个犹太?一个犹太乖小孩儿?
一个古怪的佛教徒?没错
同性恋鸡奸者?我在夸张吗?
不仅仅是同性恋还是个业余的虐恋爱好者,为了这句话我的屁股应该挨上一下
哥伦比亚大学48级校友,学生们口中的垮掉派偶像。
白人,如果犹太也算"白皮肤种族"的话
我生于美国,护照上写的是美国,也住在美国
我是斯拉夫的后裔,母亲来自维特伯斯克,父亲家的祖祖辈辈劳作于利沃夫附近卡缅涅茨—波多利斯基的大地。
我是个知识分子!我又是反知识分子,反学院派
布鲁克林大学英文系的著名教授
曼哈顿人,中产阶级自由派
下层移民二代,
上流阶层,我拥有一间挑高的公寓,我在艺术画廊的佛教展览开幕酒会上和尼阿科斯、洛克菲勒、露鲁斯的家族成员谈笑风生
啊我真是个娘娘腔,四眼教授,接不住棒球,开不来汽车——勇敢的香巴拉研修战士
在米兰,威尼斯与那不勒斯人们叫我"大师",
我是老年人,纽约地铁站里的苜蓿健康食品店给我七旬老人折扣——

芸芸众生！——绝对空无一物非此非彼的身份，玛雅不是谁的爹，可有可无幻影般的亲戚

> 1996年7月5日
> 那洛巴帐篷，博尔德，科罗拉多

别生我的气

致确达活佛

别生我的气
明天说不定你就会死去
我,是个孤魂野鬼
谁有零钱借给我花花?

别生我的气
在充满神性的明天
你会为你今天的疯狂而悔恨,
难道你想成为悲伤的神明?

别生我的气
明天人类的战争就要打响
炸弹会落到我头上,一支共生的箭
将正中你的眉心

别生我的气
明天地狱的烈焰就要降临
如果我们今天就被烤得通红
或能带着寒冷的恐惧穿越亘古

别生我的气
明天的我们是两条虫
双双在泥泞中蠕动
再被庄稼人的耙子斩成两截

别生我的气
明天我们究竟会如何?
今天的我们又算是什么?
不如冥想,祈祷,
帝洛巴、那洛巴、玛尔巴、密勒日巴

1996 年 8 月 27 日

天鹅在当下歌唱

"天鹅在当下歌唱
皓月有盈有亏
别咬住本质不放
冰箱只是储柜
霉味飘散的山坡
建有本地的温室
你我爬过胸腔
找寻刺杀的心脏

欧洲随你怎么调戏
吃香蕉，拌你的粪
吹口哨和教皇搞基
吐口气，用麻痹的肺
反正你已永生不灭
化为小鸟野兽恶鬼
与千千万万尊菩萨

喝着清晨的咖啡
吃着熏鲑鱼和土司
将催眠的废话
遍布我的身边
人到七十啦，我也会
睡得像个老奸

1996 年 10 月 29 日，凌晨 3 点 50 分

消逝消逝消逝

苍茫之月啊沉沦于白波
正如我沉沦在时间的河
——罗伯特·伯恩斯

没错,消逝消逝消逝
消逝消逝殆尽
没错,消逝消逝消逝
消逝消逝殆尽
没错,消逝消逝消逝
消逝消逝殆尽
没错,消逝消逝消逝
消逝消逝殆尽
消逝消逝消逝
一去不返,长日已尽
消逝消逝消逝
昨是昨,今是今
消逝消逝消逝
不再是曾经的那个
漂到了另一个滩坡
消逝消逝消逝
无影踪,已不见
没错,消逝消逝消逝
于别处,乐无边
没错,消逝消逝消逝

不知要到哪一天
祈祷声才能重现
消逝消逝消逝
你知此生逝如梦幻
并无承诺可供背叛
消逝消逝消逝
担当？自有后人来
为偿付不清的国债
消逝消逝消逝
你的家具抵押变卖
雄心壮志变为废纸
消逝消逝消逝
辛苦打下的江山
消逝消逝消逝
已在巴伊湾沦陷
没错，消逝消逝消逝
你的钱包，一切你能想见
消逝消逝消逝
都不算了，那付给你的钱
没错，消逝消逝消逝
上周六开始，彻底调换
没错，消逝消逝消逝
明天的世界和今天无关
消逝消逝消逝
秃了，老了，同性恋
消逝消逝消逝
老态龙钟，银发尽现
没错，消逝消逝消逝
冰冷的躯体，花白的胡子
没错，消逝消逝消逝

羊绒的围巾，黄金的首饰
没错，消逝消逝消逝
卷曲，空旷，被人遗忘
没错，消逝消逝消逝
消逝殆尽，已经远去
到那勇者之家
到六尺黄土之下
没错，消逝消逝消逝
月亮在波涛之下
没错，消逝消逝消逝
我的歌唱也将停止
没错，这歌谣就要消逝
消逝，奔向鸦片的毒汁
没错，消逝消逝消逝
再没有对不对，是不是
没错，消逝消逝消逝
消逝消失殆尽

1996 年 11 月 10 日

恐怖之雨何时休

恐怖之雨何时休……

恐怖之雨何时休？那雨正拍打着美国意识的街道

死刑！电椅！整整一屋子的毒气！死亡的针剂！致命的绞刑！对白痴杀手施以的绞刑！

机场行李传送带上警犬滴下的口水！底部填满大麻膏的行李箱！对鸦片上瘾者的脱衣搜查和从屁眼发现的用指套包着的禁药

他们从合法的印度，慵懒的英格兰，松懈的摩洛哥起飞，抵达这里面对价值一百二十亿美元的警察

嗅遍全身上下只为寻找禁药！在一所石墙的单间里呕吐，腹部抽搐不已，下肢肌肉痉挛，无眠午休的冷火鸡疗法的折磨——

波多黎各的孩子们需要医生，黑人小伙子需要他女朋友给他来上一针，白人压根儿就不知道他的嗜好是不朽的！

洛因毒虫的耄耋之年是肝肾具败，在临终之床只求再来一针吗啡

疯疯癫癫的婆娘在大马路上和她做鸡的女儿破口对骂！

那老男孩躺在人行道上双手污脏红通通的脸上一把一把的鼻涕。

那俊小伙儿在戒毒所已经呆了十年，充满氯丙嗪的双目呆滞无神

他哥哥的圣诞贺卡寄到了宾汉顿州立医院！

那藏身于陈设妥当的房间里的老人每日痛饮威士忌靠送报纸糊口，再也不想继续在中子弹上干活儿了！

那推销员的产品已从商店全部下架，如今这收旧瓶子的

人在厨房餐桌上瞎嚷嚷，把过错一股脑地推给犹太佬
  一个汽修工人骂骂咧咧地铲着雪诅咒那些在二十年前抢劫他的六个非裔美国人——
  一个黑人别着他的传呼机走在街上，被一把按倒和警车来了个嘴对嘴
  秀色可餐的年轻人被溃疡折磨忍着剧痛向参议院发起挑战。
  无家可归的犹太吉他手在十四街地铁 L 线的站台上歌唱，吹着口琴，双脚踏着两个小鼓打节拍
  再回到他这个灰胡子口交狂的小公寓里煎鸡蛋吃
  街角的男孩女孩在肉店附近晃荡，"有烟么？有烟么？"
  洛基平地的工程师们已黔驴技穷，钚的污染即将失控从异世之神的掌中逃逸

1996 年 12 月

传递讯息

他们正向着美国的年轻一代传递这样一种讯息
抽医疗用途的大麻没有问题
他们在用动画片传递着这样一种讯息,一个骆驼脸的狠角色在酒吧叼着骆驼牌香烟喷云吐雾,五岁的孩子爱死了这场面,
向着美国的年轻一代,他们正在传递这样一种讯息
他们正向着美国的年轻一代传递这样一种讯息,非洲的年轻一代爱饿死就饿死我们管不了
没钱去管,没能力把手伸到遥远的大西洋彼岸,我们的孩子将得永生,在政治上不受欢迎,他们会产生依赖,这太不靠谱
他们通过野马、本田、四驱、MG电影公司、路虎与五十万座加油站向这个国家的年轻一代
传递着一种讯息,石化燃料省时又省力,牛逼又无敌,就像是高高在上的万能灵药,就像——就像是山谷女孩的父亲们开车送她们上学时的那种心情——
他们把这样的讯息传递到了土星,美国式的民主通行全球,还能绕着你的土星环飞行
中国的年轻一代,像我们一样吃吧,吃肉和薯条,
不要睡大马路,面露杀机的敢死队警察下班后向巴西的孩子们传递出这样一种讯息
有人把帅小伙儿的裸照发到了联邦通讯委员会监管的互联网上,不许!
不许再有禁断惑星瑞典性爱?领会意思了吗漂亮姑娘们?
领会意思了吗老家伙们?领会意思了吗,米开朗基罗?

领会意思了吗,达·芬奇?菲狄亚斯,苏格拉底,莎士比亚,在广场酒店的约翰·埃德加·胡佛,在罗侬·科恩游艇上的红衣主教弗兰西斯·斯贝尔曼,在你肚肠里的杰西·赫尔姆斯,废话

领会意思了吗小小维尼?看看你的肚脐眼,他们的讯息就是打那儿冒出来的。

讯息向着美国的年轻一代发出了,"降低期望值",我们等着吃饭的嘴太多了,

东亚佬的劳力越来越便宜,有钱的越来越有钱,北半球白人活得越来越滋润,黑人高血压称霸肯德基

经过那些高速公路边的阿比烧烤,罗杰斯马肉排骨,或是麦当劳亚马逊雨林汉堡

一个声音从电视机传到你的耳朵:吃净盘中肉

或是拍拍你的肉,和番茄酱的安全性爱,诸如此类

那讯息欠下四万亿美元的债用作里根总统打水漂的军费,

在你出生以前就欠下了,这坐在学校的便桶上学习拉丁文的你

他们向着年轻一代发出讯息,看电视去,橄榄球篮球催眠的足球棒球种种体育赛事,体育赛事!

里奥斯·蒙特将军与帕特·罗宾逊向危地马拉的印第安人发出了一个讯息

于是在基督大军的铁蹄下二十万人就要面带微笑地死去

手枪弯刀机关枪棒球帽与绝对正确的《圣经》

七零零俱乐部的反基督者们向着美国的年轻人发出这样一种讯息,蔑视穷苦人,亵渎自由派的耶稣

这讯息说,怜悯将导致华尔街崩盘

广播电视网向我发来的讯息是闭上你的臭嘴。

1996年12月3日,凌晨4点30分
纽约市

不！不！这不是结局

不！不！
这不是
文明的结局
这不是
文明的结局
工业气体在博帕尔
引发大爆炸
不！不！这不是
文明的结局
从天而降的炸弹
炸死
十万
广岛人，1945年
不不这不是
文明的结局
这不是文明的结局
危地马拉有
二十万
印第安人
被谋杀
不不这不是
文明的结局
这不是文明的结局
二十万条生命
在卢旺达

被屠杀
疯癫的场景
在电视荧屏
不不这不是
文明的结局
这不是文明的结局
美国的黑人正在坐牢
在自由之地坐牢
他们多数都是
像你我一样的公民
不不这不是
文明的结局
这不是文明的结局
矿物燃料的粉尘遍布天堂
蓝天之上臭氧的空洞
不不这不是
文明的结局
这不是文明的结局
这世界上最古老的树已被伐倒玩完
威尔豪斯·布什脑袋上顶着一架纸皇冠
不不这不是
文明的结局
这不是文明的结局
亚马逊雨林被夷为平地
电锯的声音
萦绕于耳,挥之不去
不不这不是
文明的结局
这不是文明的结局
只是暂时偏离了轨道

不不这不是文明的结局
这古老的诱惑
不属于任何人
不不这不是文明的结局
每个人都在跳着华尔兹
奔向所谓"犹豫"二字
又一个受到诅咒的
总统就职典礼
不不这不是文明的结局
我们迎来了
"被虚构与被诅咒的众国"
不不这不是文明的结局
这个国建立之日
奴隶的脚上就戴着铁链
不不这不是文明的结局
阴郁的家伙们试图阻止其他肤色的移民
没听说谁还在
把蹄膀与蛇皮穿戴
现在我们只想
追捕鲸鱼屠宰
不不这不是文明的结局
辣椒粉拯救的只是一瞬间的味觉
不不这不是文明的结局
没有一劳永逸
不过是一阵烟,一场火葬而已

1996 年 12 月 18 至 20 日

烂　诗

作为当下的存在已被重新虚构
我构建了新的当下
走进那真正的当下
话说回来
哪个当下才是当下

　　　　　　　1996年12月24日，凌晨3点

流浪汉的怨言

对不住了哥们儿，咱不是非要你给钱
但我从越南回来
杀了很多越南的先生
还有几位小姐
我无法忍受这痛苦
从此恐惧陪我度日
我去过戒毒所，现在我干净啦
可我居无片瓦
茫然无措
抱歉了哥们儿，咱不是非要你给钱
但这条街太冷了
我无依无靠的心生了病，
我干净啦，可我的人生一片混乱
第三大道
和东休斯顿街交界的
路口交通岛上
红灯的时候他用
一块破抹布擦着你的车玻璃

1996 年 12 月 24 日

罗伯特,琼,新年快乐

罗伯特,琼,新年快乐
尽管我希望大家能尽快相见
还有,我得说句光明节愉快
直到我得到你们的新号码——
我要走了,去静修,
在那儿,他们逼你吃不含盐的肉
葛列仁波切也会去
他最近小病不断,和我一样,
密西根的康普康尼营地
我将与佛学班上的同学
和声先生,飞利浦·格拉斯共处一室
十天之后,到了1月8日
我就动身到波士顿,休息,等待
在期待中消磨整个周末
或者把疝气手术做了
由朗大夫操刀主持
(名声在外的心脏病专家
——记得向你们推荐过
可靠,睿智又实在的老先生)
——恢复的那周就和艾莉
多夫曼一起,吃恶心的黄色鱼冻
希望一月中能回到纽约的家调养
或许到那时我们能相见,

如若有变,还忘告知。

爱你们的,艾伦
1996 年 12 月 12 日

银铃声声

"清光幻体,合二为一"
空灵之声弥漫四周闪闪烁烁,渐渐我意识到
拿破仑也有脚趾
科学怪人的脚拇指
马头明王广大无边似马蹄的裂指
白脚趾圣母马利亚嫁给了棕脚趾的约瑟夫,被生有透明三指的白鸽圣灵浸染
上帝有多少根脚趾?耶和华,他的脚趾无从查证
还有耶稣基督被无数人亲吻过的脚趾
肩膀上生着一对两指脚蹼的海豹男孩西罗能用十个脚趾头抽烟打字
贩卖小号的厕所卷纸,与一美元一个的纪念品
雪莱那十只白白净净的脚趾
米开朗基罗沉醉于一足五指的比例,达·芬奇从自己双脚找到十指的映像
苍蝇的趾困在蛛网里
挠挠脚底,脚趾蜷曲
婴儿在娘胎里就孕育出脚趾
在一个伸手不见五指的周五夜里上楼梯时我扭伤了第四根脚趾,到现在还没有复位
那是一种行走于泥泞冰寒的痛,背面尤其如此
约翰·麦迪森有巧克力颜色的脚趾
希特勒生来便有脚趾
佛陀赤足而行,脚趾生辉
我将头颅靠在枕头上,在度母的膝下温润的脚趾间安眠

欢喜佛梦到自己生了二十根脚趾
空空虚无中不计其数的万亿根脚趾
老人的脚趾甲经年增厚如象牙一般
死者的脚趾甲在墓碑之下暗暗生长
拿破仑锃亮的马靴下是他的脚趾甲
大象行走大地脚趾甲翻起草根
如是种种，皆在弥漫四周的空灵之声里闪烁

    1996年12月30日，中午12点55分

假如可以无法无天的蓝调

　　假如可以无法无天，克林顿早就从左倾的中国人那儿搞到大笔竞选献金

　　假如可以无法无天，中情局麾下的叛军告密者早就把可卡因摆上街头荼毒洛杉矶和明尼阿波利斯的街道

　　假如可以无法无天，联邦调查局已将天启般的韦科烧成灰烬

　　假如可以无法无天，政府已经开始从公立大学的学生身上收取高额学费

　　假如可以无法无天，国会和联邦通信委员会已经同意基要主义者对播出节目进行审查

　　假如可以无法无天，家庭价值观已将女人、同性恋和非裔美国人贬得一钱不值

　　假如可以无法无天，教皇已经禁止这个星球的任何避孕行为

　　假如可以无法无天，北卡罗来纳已经禁止鸡奸禁止玩不对的洞

　　假如可以无法无天，中国人已经禁止新鲜的演说电流

　　假如可以无法无天，阿尔巴尼亚彩票的幕后老板们已经开始买卖选票

1997 年 1 月

卫生筷

走进附近的日本餐厅,"照烧男孩"——
点了鲭鱼刺身,熏鳗鱼和鱼籽醋浸饭团
撕开印有蓝鹤图案的白色包装纸,抽出这轻薄的木质餐具
将这块小木头一分为二,搓搓,碎屑落下,坐着,等着,叹气——
二十万立方的东南亚木材出口
到日本切割,加工,制成两百亿根卫生筷出售
用了,丢弃——热带雨林毁灭的根源——为了付清利息
泰国与马来西亚每年欠世界银行与国际货币基金组织的利息——
你点的东西来了,伴着呛鼻的绿芥末和粉色的腌姜片
鲜嫩的芹菜丁,举起筷子享用吧,把那生鱼片放进你的嘴里

1997年1月7日,早上6点30分

福　气

我是有多大的福气右手才一根不差地有五根手指
我有撒尿时不太疼的福气
有肠胃运转的福气
福气啊，能睡在一张带储物柜的大床上，还有机会睡午觉
有慢慢在第一大道散步的福气
有一年赚几十万块钱的福气
可以唱《神啊，神》，可以天马行空地写作，可以在纸上胡乱涂鸦，可以在佛学院里教书，可以用我的双眼这快门捕捉莱卡式的公共汽车站照片
可以听急救车的警笛，闻大蒜和铁锈的味道，品尝柿子与比目鱼的味道，光着带有轻微麻木感的双脚踏过阁楼的地板
福气不小，我可以思考，而天空可以飘起雪花

1997 年 1 月 8 日

有些小男孩不

有些小男孩爱那玩意

有些小男孩不

有些小姑娘嘬那玩意

有些小姑娘不

有些侄儿吸那玩意

有些小妞只是嘟囔

有些侄女撸那玩意

如果祖父是个畜生的话

有些小年轻要那玩意

一个月四次

有些小女孩儿用胸夹那玩意

有些拿那玩意当早午饭

有些小家伙呼噜呼噜

有些青少年咕嘟咕嘟

有些少女吧唧吧唧

有些小家伙乱玩一气

1997年1月10日，凌晨4点

自　慰

这是哪位?
这是乔 S. 瘦瘦长长苍白的躯体
为你口交——我吻了他的肚皮,
肌肉微微隆起的胸部——
为我口交你这贱货,小贱货
为我口交,
哈克,他跪着,我舔他的屁股
他毛茸茸的后部
狗一样的姿势,为他手淫
他最后自己握着那玩意射了出来。
汤姆 G. 巨大的阳具横穿我
梦幻的床铺,不曾停留
啊约翰还记得我们买的那些
毛绒手铐和绑带
曾将手脚绑得那么无助,
毛绒的项圈牢牢拴在
床架的顶端——都是在
上城区的
克里斯多夫大街
虐恋用品商店
一次买齐
好好地抽,狠狠地抽,抽他的屁股
让他扭动吧,总比用利刃
把他剁碎了强
肉的重新设计——

来了,那陌生的恐惧
粗鲁地控制着
美少年的身体,心甘情愿
欲望满溢——和真理绑在一起。

1997年1月28日

智囊团韵律

智囊团
马屁精
小羊腿
手淫狂
麻呆子
起腻歪
品位低
撒狗血
假仗义
老巫婆
好色爹
抠门妈
厕所搞
痒护士
金奶奶
俏白痴
炸猪排
神意迷
脑冲击
破烂货
乐杀精
死醉鬼
大粉红
臭鼬屁
妈眨眼

核扭曲
大鸡鸡
是天性
嚼口胶
太空猪
大炒锅
好时酒
爱因斯坦

1997 年 1 月 30 日，凌晨 2 点 45 分

洗衣机之歌

快坏了快坏了快坏了
我们没坏我们没坏我们没坏
在这房子里在这房子里在这房子里
卫生间卫生间卫生间卫生间
在家在家在家在家
我们没坏我们没坏我们没坏
知足吧知足吧知足吧
你能解释一下吗解释一下吧
算了吧算了吧算了吧算了吧

> 1997 年 1 月 31 日

世界银行蓝调

我为世行工作,没错,我
我一年挣几十万美刀
我和哈佛的经济学者谈文论道
千军万马在我胸,内有乾坤谁人知
我与马达加斯加的领导人交流舞姿
怎么熟练掌握统计数字和条纹裤子
感情不是我考虑的因素
有板有眼,咱可不吃素
什么垦田,什么植树,歪门邪路
我们有锦囊妙计把你的经济稳住
国际贸易,全套服务
听我们的话,你将感觉当了老大
你有啥要出口,什么样的原材料?
钻石、咖啡、谷物,要!并且只要
卖掉,卖掉,把它们向列强卖掉
没钱我们借你,扩大生产才妙
别忘了付年息,这是为了你好
勒紧你的腰带,随便你怎么搞
来点最小原则,先送给你尝尝
欠债还钱,保障我们交易固若金汤
出点血吧,您的货币将兑换于市场
您的人民,他们的劳动全世界需要
砍伐雨林,您手里马上一大叠美刀
建上高速,比保护雨林捞更多钞票
综合农企,您出口牛肉大有销路

去他大爷的贫困救济，公共服务
山民失地，进城时一路走一路哭
勒紧腰带，过山车给您留了座
产量上升，价格滑落
纸浆，肉饼，咖啡，——跌破
提高产量吧，还您欠下的世行债——
至少还利息，钱紧咱也不能抵赖
亚马逊雨林，赶快砍了把钱还来
十年一转眼，别说什么两不相欠
还的是利息，本金我们可没看见，妈的！
（只要不卖毒品）我们还借给你钱
财政紧缩，工资下降
城镇的下水道里污秽肮脏
破巴士在市区的边缘游荡
珊瑚鱼被工厂的废水报销
原住民痴迷于美金的味道
无耻的瑞银给独裁者钞票
飞禽走兽为了哥斯达黎加的债而化为血水
花木尚未被发现就消失于博卡奇卡的巨嘴
厄瓜多尔的鸟儿啊，泄露的毒物可把你们弄病？
暴乱将始于几袋外国的大米
把娃娃兵用美式装备武装起
百姓奔向森林逃离工业领地
山民为躲避游客藏在小屋里
自由市场的信徒破产只剩一文不值的纸币？
我刚刚退休，离开了站了二十年的岗
都为那世界银行，金钱的黑手党
为了不彻底崩溃我要把戒酒课上
我糟蹋过非洲、美洲和越南
曼谷也操过，为世行一统江山

死亡与名望（1993—1997）

如今退休了,我还管他妈个蛋
深夜我独自走过华盛顿的街道
我干的那些事儿,到底是好还是糟?
曾经酿下的大祸,人们真的会忘掉?
当债务的恶果成熟于世界经济之树
是以前的什么坏政策谁的责任该负
那还真不是我这小官僚能搞得清楚

1997 年 2 月

理查三世

脚趾甲随着年纪慢慢增厚,
我的神经被糖一点点包裹,腿部
肌肉血流不畅,膝盖脆弱无力
心脏不堪重负,那瓣膜已太厚,
呼吸短促,有足足六磅
多余的水分——
囤积在我的肝脏、大肠与肺——凌晨四点,我起了
现在,我读着莎士比亚。

1997 年 2 月 4 日,凌晨 4 点 03 分,纽约市

死亡与名望(1993—1997)

死亡和名望

等我死了
我不在乎你们怎么处理我
把骨灰朝天撒了,飘散到东河里
把瓮埋在新泽西的伊丽莎白,以色列圣约墓地
不过,请给我一个盛大的葬礼
圣帕特里克天主堂,圣马可教堂,曼哈顿最雄伟的犹太教礼拜堂
先叫家人:哥哥,外甥,九十六岁高寿的硬朗的继母伊迪丝老太太,纽瓦克老家暖心的姑姑婶婶
乔尔大夫,明迪表妹,只剩一只眼睛和一只耳朵能用的吉恩兄弟,金发嫂子康妮,几个侄子外甥,还有同父异母的兄弟姐妹以及他们的孙子孙女们。
我的伴侣,彼得·奥尔洛夫斯基,照顾我的罗森塔尔和霍尔,还有比尔·摩根——
然后,金刚师创巴仁波切冥冥中的思想,葛列仁波切,萨姜米庞仁波切,别忘了达赖喇嘛如果他有机会来美国,沙吉难陀大师,
希瓦南达,德霍拉哈瓦·巴巴,葛玛巴十六世,敦珠仁波切,片桐与铃木俊隆的鬼魂
贝克,惠伦,大道·卢里,卡普乐禅师,克尤翁,白发苍苍的卡普罗大师,塔清喇嘛——
接着,最重要的,我半个世纪的心头所爱
几十,上百,好多好多,老家伙们现在是又富又秃
这几年在床上裸裎相见的小伙,这些人见到彼此会很惊奇,无数无数,亲亲密密,交换着记忆

"他教我冥想,现在我是个混日子的退伍老兵——"

"我在地铁站台上玩音乐,我不是同性恋但我爱他他也爱我"

"十九岁爱上他后,再也没有那样爱过别人"

"我们曾在被单下窃窃私语,读我的诗,接吻,肚皮贴着肚皮搂搂抱抱"

"我穿着内衣上了他的床,早上我的内裤跑到了地板上"

"日本人一样,总想以主人的身份支配我的屁股"

"我们像学佛一样打坐整晚聊着凯鲁亚克和卡萨迪,然后爬上他那张多功能床睡觉。"

"对于感情,他似乎需要很多,很遗憾没有给他更多的快乐"

"我曾是孤独的,从没有赤赤裸裸地与人在床上,他是如此温柔

我记得他手指划过我的下腹从乳头到屁股时胃部产生的震颤——"

"我只是那么躺着,双眼紧闭,他用嘴唇和手指沿着我的腰线令我达到高潮"

"他是口技天才"

这些1946年爱人们的情史烂账,尼尔·卡萨迪转世重生为1997年青春的血与肉

吓你一跳——"你也是?我以为你是直男!"

"我的确是,但金斯堡不是,某种意义上他满足了我,"

"我已经忘了我是直的弯的还是翘的,但曾几何时,我心里满是沉甸甸的温柔他亲吻我的头顶,

我的额头,喉咙,心脏与太阳神经丛,小肚子还有我的阴茎,他的舌头令我的后面发痒"

"我喜欢他吟诵的感觉,'总觉耳后声声马蹄迫,时间战车翼翼追不舍',我们头靠着头,对视着,枕着枕头——"

在所有的爱人中,有个漂亮的年轻小伙在后面徘徊

死亡与名望(1993—1997)

"我上过他的诗歌课，那年我十七岁，跑到他那间没有电梯的公寓拿点东西，

他引诱了我，但我不想要，他逼我来，我回了家，再也没有见过他也不想再见……"

"他不能勃起了但他爱我"，"一个干净的老人"，"他总是先等我达到高潮"

接下来是仪式上名声在外来一个震一个的家伙——

诗人与音乐家——大学男生的油渍摇滚乐队——老年摇滚巨星披头士，忠诚的节奏吉他大师，

同性恋古典乐指挥家，不为人知的牛×爵士作曲家，疯克喇叭手，熟练演奏大贝斯和法国号的黑人天才，

随身携带冬不拉小手鼓口琴曼陀铃自鸣筝本尼笛和卡祖笛的唱民谣的小提琴家

然后，在神秘的六十年代印度上过学的浪漫狂现实主义的意大利艺术家，晚期野兽派的托斯卡纳画家诗人，携带欧洲老婆的马萨诸塞州超现实主义老顽童传统绘图师，从美国各地来的一穷二白的写生石膏油彩水粉大师

接下来是高中的老师，孤独的爱尔兰图书管理员，优雅的藏书家，性解放大部队甚至大军，不属于任何一种性别的姑娘

"我和他见过无数次他总是不记得我的名字但我还是爱他，真正的艺术家"

"更年期后我就崩溃了，他诗歌的幽默把我从自杀预防医院一把拉了回来"

"魅力四射，彬彬有礼的天才，主动刷盘子洗碗，曾经在我布达佩斯的工作室做个一星期的客人"

千千万万的读者来了，"《嚎叫》改变了伊利诺斯州利伯蒂维尔的我"

"我在蒙特莱尔教师学院诗歌朗诵会上看到他，然后我决定成为一名诗人——"

"他让我有感觉,我组了个车库乐队在堪萨斯市唱我想唱的歌"

"《卡迪什》让我为住在内华达市仍健在的父母哭了一鼻子"

"《亡父蓝调》在 1982 年我姐姐去世的时候安慰过我"

"我看到他杂志的采访,完全被震撼,意识到这世界上居然有我的同伴"

双手在空中优美地比比划划又聋又哑的吟游诗人

接着是记者,编辑的秘书,代理,人像摄影师与摄影痴,摇滚批评家,有文化的劳动者,

文化史学家纷至沓来目睹这具有历史意义的葬礼

超级粉丝,蹩脚诗人,衰老的垮掉派和感恩至死乐迷,签名猎人,乔装打扮的狗仔队,聪明的看客

每个人心里都清楚这是一次对于"历史"的参与,除了躺着的这位以外

周围到底发生着什么,我连活着的时候都不太明白

1997 年 2 月 22 日

性虐待

"一个告密者的国度"

——威廉·伯勒斯

透出光亮的厨房,一个声音说道:
性虐待不应该
得到一个眼神作为奖励
性虐啊待不应该
得到"一固眼森"作为"减"励
这是回应《波士顿先驱报》的头条"性虐待法直指神职人员"
"参议员:宗教领袖有义务将猥亵儿童的人通报当局"
神父们应该互相揭发,变成告密者——
那么,就到忏悔室里去告密吧,可别
在举着雪利酒的私人晚宴上说。

1997年2月26日,早上6点

蝴蝶头脑

头脑就像只蝴蝶
会落在玫瑰上
也会落在臭不可闻的粪堆上
会扑向呛人的汽车尾气
也会在长椅上休息,一朵花儿正呼吸着
开开合合,平衡着田纳西的微风——
飞向得州聚集成群
为布满油井的大地上的野草带去春的气息
有人说这些生着彩虹的翅膀也有灵魂
也有人说这只是些头脑空空的
长着眼睛图案的自动化小翅膀
停在了书页上而已。

1997 年 1 月 29 肉,凌晨 2 点 15 分,纽约市

有个叫史蒂文的家伙

有个叫史蒂文的家伙
出门去寻找上帝
这条街平坦宽阔
那条街诡诡秘秘
那是音乐和发妻相伴
清爽的日子
那是让生活如天国般
中庸的法子
他去了城里
什么都试了试
悲哀与同情
许多快感,许多不适
他被音乐拯救
书籍与舞蹈团
慷慨,正确
传授学识,不慌不乱
走进婚姻,得了儿子
这儿子是他唱给生活的曲调
他余生永远的乐子
便是他拥有的妻小

写于从波士顿到纽约的机场大巴
1997年3月4日下午5点,银河星空之下

半梦半醒

六个月前搬家的时候,我把它留给了彼得
当初买它的时候,我俩还在阿尔莫拉旅行,
这是一条旧毯子,喜马拉雅羊毛,棕色
两英尺宽轻柔的布条
被羊毛线扎捆
三十年后,它正慢慢开线
太熟悉,在贝那勒斯与曼哈顿,用的都是这条毛毯
我拿起它端详着,寻找结合处的痕迹
折好,缝回我记忆中的形状
可我最近病了,手沉得抬不动,
只好把它留给管家缝补
它就这么忽然从我的手中消失——
回到了半年前
我离开的那所公寓

1997 年 3 月 7 日

客观主题

是的,我写自己的事儿
我还能更了解哪个人呢?
谁家还会收集血红的玫瑰与厨房垃圾
谁有我一样肥厚的心脏、肝炎或是痔疮——
谁经历过我这七十年的岁月,还有我的老娜奥米?
如果哪天我写下了与美国政治、智慧冥思或
艺术理论相关的文字
那是因为我读到张令我喜爱的报纸
教师们囫囵吞枣的书籍或是刚刚去过了博物馆而已

1997 年 3 月 8 日,12 点 30 分

凯鲁亚克

我无法回答
我无法回答的原因是
我还未经历过死亡
未曾拥有死去的记忆
我在十四街,第一大道
问题是什么来着?

1997 年 3 月 12 日

患肝炎的身体很痒……[①]

身体发痒

恶心

出血

轻微的痔疮

高

血糖

低

垂的四肢

铅灰色

疲惫

卧床

造粪的机器

这具尸体

患有癌症

1997 年 3 月 13 日

[①] 金斯堡生命的最后一年,被诊断出患有肝癌。

惠特曼式狂躁诗歌

我们孩子,我们男学生,
美国的姑娘们
工人们,学生们
通通被色欲支配

1997 年 3 月 18 日

美国句子 1995—1997

胯下阵阵清风爽,缘是拉链没拉上。

1995 年 4 月 20 日

* * *

双肘侍膝面朝前,幸甚!我能大便!

1995 年 4 月 7 日

"很好!很赞!很重要!"起来把马桶冲了。

1995 年 6 月 22 日

放松!放松!爽!爽!必须的,洗屁屁!

1997 年 1 月 18 日

"有钱难买如厕爽,一泡好屎值千金。"

1997 年 2 月 10 日 凌晨 5 点

不厚道的标语,办公室通用——"别占着茅坑不拉屎!"

1997 年 1 月 24 日

我被何驱使?我的屁屁被何驱使?怎么就,去厕所了呢!

1997 年 3 月 10 日

***

昂布瓦斯城堡
夕阳的余晖撒在一盘盘鸭肉间喋喋不休讲着饭桌闲话的脸上。

1995年6月22日

包尔歌谣
"啊我疯狂的思想,我疯狂的思想,这辈子你都干了些什么,疯狂的思想,老伙计?"

1996年10月7日

三天大的厨房之蝇飞到了我们卧室,找个伴儿。

1996年12月9日

"嘿——没啥劲——没劲,一辈子生活在诗人的躯体",格雷戈里·科尔索吸着粉在巴黎歌唱。

1997年1月16日

为了做水果点心把苹果切成小块儿——苦难,苦难,苦难,苦难!

1997年1月24日

这个勇敢的小柠檬身上坑还不少!削成片丢进锅里。

1997年1月25日

小狗狗——他从电视机里蹦出来,站好,叫着要东西吃。

1997年1月26日

我真蠢,我真蠢,我就是个蠢货纯傻蛋!笔呢,笔呢?

      1997 年 2 月 19 日,凌晨 2 点 45 分

我的父亲身患癌症,他慢慢垂下头,"唉,吾儿。"

         1997 年 2 月 24 日

到底该怎么应付一个想在你膝盖上玩骑大马游戏的小姑娘呢?

         1997 年 3 月 10 日

"嘿,说你呢!你丫那儿看什么看呢?"布朗克斯的地铁里。

     1997 年 3 月 10 日,凌晨 2 点 45 分

想体验空旷无边,请看窗外的蓝天。

         1997 年 3 月 23 日

玛蕾妮的逍遥骑士变奏

我在那站下了车
去买我的果酱卷
如果这玩意儿在孟菲斯我卖不掉
你可以
在欧克莱尔把它买到。
逍遥骑士
你的车座上
我算是被你俘获
但
我的屁股
可是硬通货
瞧瞧我今天想要啥
对对对
需要男人
需要一个对我
言听计从的男人
让干嘛就干嘛
那样的话
我大概
就不会离开。
离开离开离开这里
去找寻这世上一切灰色的家
我可以一个人生活
一个人接电话
我的新电视上出现了肮脏的画面

刚刚打开就这样
我不需要你，也不需要你妈的
时光匆匆而过

1997年3月3日

天空的词语

黎明之光耀眼绚丽
笛声回响耳畔直通天际
出租车悲鸣,空荡的街
破车喇叭咩咩咩
天空被词语覆盖
白昼被词语覆盖
夜晚被词语覆盖
上帝被词语覆盖
意识被词语覆盖
思维被词语覆盖
生与死本身就是词语
词语被词语覆盖
恋人们被词语覆盖
杀人犯被词语覆盖
间谍们被词语覆盖
政府被词语覆盖
芥子气被词语覆盖
氢弹被词语覆盖
世界"新闻"是一组词语
战争被词语覆盖
秘密警察被词语覆盖
救赎被词语覆盖
母亲们的骸骨被词语覆盖
"骨瘦如柴的孩子"由词语所组成
军队被词语覆盖

金钱被词语覆盖

巨额融资被词语覆盖

贫穷的雨林被词语覆盖

电椅被词语覆盖

尖叫的人群被词语覆盖

暴君的无线电广播被词语覆盖

荧屏上出现的地狱，被词语覆盖

     1997年3月23日，凌晨5点

大粪逻辑一览

屁股懂的比脑袋多

天真烂漫的年轻读者
请你翻页跳过
如想了解生命的真谛
本诗非常欢迎你
造粪机器造粪机器
我是一台不可思议的造粪机器
撒尿机器撒尿机器
取之不尽的撒尿机器
造粪和尿的机器
真正的中庸之道
小的也好，老的也罢
献出你黄灿灿的一坨
造粪和尿的机器
拉他个痛痛快快
小的也好，老的也罢
永远不要保持沉默
（合唱）
造粪机器撒尿机器
我是一台神奇的撒尿机器
撒尿机器撒尿机器
取之不尽的造粪机器
棕，黑，或绿
大千世界尽收眼底
硬，软，或松

粪代表真理的一瞬
婴儿的,男孩的,或年轻的
放的屁里没有一颗牙齿
女婴或少女
一躺下就开始放屁
屎尿屎尿
搞,屎,尿
搞,屎,尿,屁
最后不过是屎尿屁
花枝招展的异装癖
愤懑不平的宫女
摊开了讲不过是
把抽水马桶搞臭了的
造粪和尿的机器
最后不过是屎尿屁
造粪和尿的机器
天性二字绝无肮脏
屎尿屎尿
这首歌该如何结束?
屎尿屎尿
天性二字从不犯错
(合唱)
造粪机器撒尿机器
我是一台神奇的撒尿机器
撒尿机器造粪机器
取之不尽的造粪机器

1997年3月23日

我的队伍火辣辣

我的鸡鸡火辣辣
你的鸡鸡丁点儿大
我的政治火辣辣
你的政治人人骂
我的总统火辣辣
你的总统是傻瓜
我的国家火辣辣
你的国家脏又差
我的宇宙火辣辣
你的宇宙还没爆炸

1997 年 3 月 23 日

星光谣

日出东方

日落西方

无人知晓

太阳最了解什么

北极星高悬北方

南方的天空星星点点

伴依宇宙近在咫尺

在你的嘴里

双子座高悬

昴宿星低垂

冬季的天空

开始飘雪

猎户座低垂

北极星高悬

烈焰的树叶

纷纷而落

1997年3月23日,凌晨4点51分

三十州懒汉歌

选泡屎，选泡尿
选个状元呱呱叫
老伙计，新相识
要选就选新相识
克林顿总统多尔总统
第三名一头跌进深洞
二号锚，四号锚
一个骗子，一个傻冒
理查德·赫尔姆斯，安格尔顿
扛住了活下去才算没白混
杰西·赫尔姆斯，色情图片
用你的未来做赌注，和他的朋党起舞
阿明总统，蒙博托大将
都是你我的血汗供养
收买他们的钱来自咱家
第九，阿尔巴尼亚
第十，总统阿连德
还有独裁者皮诺切特
别忘了萨尔瓦多敢死队
我们扶持道布伊松上位
宰十二个危地马拉人，付一次费
帕特·罗伯逊是个乡下泥腿
里奥斯·蒙特残害印第安无数
重生是《圣经》的重要支柱
尼加拉瓜正被什么压榨

诺斯上校和古柯碱女王的魔爪
禁毒恺撒布什送出去的票子
填满巴拿马老大诺列加的肚子
委内瑞拉的缉毒头头
改头换面成了小偷
墨西哥的扫毒之王
把告密者打成了筛网
美国国务院的大红人
在海地兼职大卖白粉
直到阿里斯蒂德能解除魔咒
中情局令塞德拉斯钱包变厚
秘鲁白人欠下印第安人血债
"光明之路"名扬四海
独裁者藤森的钞票
把世界银行喂饱
秘鲁的赤贫阶级
多在印第安族群里
和英国人的银行达成协议
仅偿还给美国人"谢谢你"
锡和橡胶的价格纷纷下降
可卡因辛迪加来到街上
金钱滚入可卡因种植账户
美国直升机空降毒品货物
把哥斯达黎加的总统搞下野
谁让他心慈手软，手无寸铁
1953年起，一片混乱
危地马拉的锁链无法挣断
联合果品公司废除了选票
艾伦和福斯特在一旁偷笑
摩萨台首相仓皇下台

伊朗化为警察国家的苦海
再将伊拉克的那位出卖
钞票变成伊朗人头顶的炸弹
美洲也好，中东也罢
撒旦之兽，铁蹄践踏
地狱之火熊熊不断
想想越南经历的苦难
老挝，这战争的牺牲者
没人知晓她价值几何
柬埔寨，无论如何都逃不掉
我们狂轰滥炸湄公河畔的胡志明小道，
局势急转直下近乎无政府
布尔布特是个屠夫
之前西哈努克的自传名称
曾叫"我与中情局的斗争"
这事谁来扛？谁来扛这事？
谁能自愿分担美国的羞耻
别急！不是最后一次
咱刚刚数到第二十四
第二十五是阿富汗
基要分子领到上面发的枪弹
村落毒首，山区黑帮
布料把性感部位遮挡
第二十六是谁，四周看吧
殖民主义肆虐于印度支那
法国大肆引进鸦片业务
法国还要卖给中国人罂粟
英美二国，逐利纷来沓至
鸦片战争，天子颜面尽失
国门洞开，迎接我族败类废物

雾气昭昭,上海遍地销金毒窟
垃圾出手,丝绸换来
黄祸暴饮,基督之奶
此时此刻这一切还在上演
印度支那叼着万宝路香烟
吸我们的毒,求我们宠爱
把尼古丁的肺癌传给后代
是谁在推动这新的毒品之轮?
杰西·赫尔姆斯议员,卫道恶棍
大美妞,老狐狸,几个流氓打手
未来两百八十八个月亮都跟我走
北自贸,北自贸,加入如何妙?
毒废料,毒废料,工业在狂啸
工业的光雾,工业的冷笑
工业的女人把哀苦的泪掉
薪水低,无工会
谁他妈管你们医药费!
没罗斯福,没振兴署
手脚慢,就趁早滚蛋
美国佬,给一块不少
没你活干,没你白饭
没有未来,只有衰败
做牛做马,为壶醋钱
一切利润,归美利坚

       1997年3月24日,晚10点40分

我的鼻血流出来，你的鼻血流出来

我的鼻血流出来，你的鼻血流出来
他的鼻血流啊流出来
她的鼻血流出来它的鼻血流出来
所有人的鼻血一齐向我涌来

1997 年 3 月 24 日

蒂米弄了杯热牛奶

比温牛奶要好
比冰镇奶昔要好
热奶油温奶油哦啦啦!
棒小伙帅男孩儿,哈哈哈
球鞋仔裤加 T 恤,靠谱!
"唾手可得",小傍家山姆
要什么都有,除了三 K 党
搞完就走,姐们儿慢走

    1997 年 3 月 25 日,早上 6 点 30 分

这种类型的肝炎将给你带来

这种类型的肝炎将给你带来
鼻血流皮肤痒肚肠翻江又倒海
私处肿胀的痔疮块
复活节百合在你病床边上摆

1997 年 3 月 24 日

驾，驾，驾

我再也听不进一句你的废话
驾，驾，驾
您全对，您全对，闭嘴吧！
驾，闭嘴吧，驾，闭嘴吧
驾，驾，驾，闭嘴吧。

1997 年 3 月 24 日

打开暖气，拉把椅子

看看街上的瘾君子
别管时代华纳的新闻播报
看看可卡因毒虫游荡在街角
把七点的电视关掉
他们正在街上卖草
最低工资是你的血汗
缉毒探子却捞得盆满钵满
从你们这伙暴徒身上赚钱
直到麦当劳的职位有了空闲

1997 年 3 月 25 日

波士班

哦，波士班

这是诗歌叫板

尖叫与嘶吼

这是诗歌大碰头

野起来躁起来

在这诗歌的舞台

把韵押出

两倍的速度

词句成双

直到你的时间耗光

请用小丑的嗓

最后坐下欣赏

后面这位

尽管她听了你的

她要念得只是

"嘟嘟嘟，飞。"

1997 年 3 月 25 日，下午 3 点 30 分

梦

我最近梦到我的右边长了个肿块——刚刚我意识到,那是个宝宝,它在我下腹的右侧发育成熟就在我和危险的丙肝病毒一起住院的时候。

我躺了一会,不知如何是好,有些欣慰,有些不安。它需要牛奶,需要运动,需要一辆婴儿车载着它去呼吸新鲜的空气。

老好人彼得,他会拉我一把的,他会帮我把床折叠好,吻我,照顾孩子将给他快乐。他是多么地慈悲呵。想到彼得那双可靠的手将捧着这个奇迹的时候我悬着的心落了地。——但是上帝啊如果他又开始喝酒了怎么办?不,这孩子将会让他继续戒酒的。我到底该怎么办,该怎么照顾这个宝宝?

焦虑和释然伴随我慢慢苏醒回到现实,脑中还在琢磨这是不是真的发生了,意识缓慢地恢复凌晨2点29分我清醒了这儿没有任何神秘的小宝贝——怎么来的,就怎么走了——

第二天早上,快乐笼罩,温暖的愉悦在我的身体里驻留长达半日。

1997年3月27日,凌晨4点

以后再也不会做的事（乡愁）

再也不会去保加利亚，怀揣小册子与邀请函

也不会去阿尔巴尼亚，去年他们私下请过我，那些彩票骗子和发誓不碰酒杯的酒鬼

还有那些来自古地冥府亡灵庇护之地耳聪目明的诗人

再也不会去拉萨，再不会住在希尔顿酒店或是阿旺格勒的家，再没有布达拉宫那让人筋疲力尽的楼梯

也不会回到喀什"世界上最古老的有人持续居住的城市"，再不会去恒河里洗澡，和彼得于马尼卡尼卡河坛岸边比肩而坐，拜访普里宇宙之神，再也回不到比尔普姆去记述卡其巴巴的传说

再也不会和菲利普去马德拉斯的音乐节

也不会去和年迈的苏尼尔年轻的咖啡馆诗人们一起喝印度茶，

再也不会流连在唐人街某个布满鸦片窟的路口，再也不会经过穆斯林酒店目睹那锡铁皮的屋顶德里月光集市熊熊燃烧的地面，也不会再漂荡在胡格利河上抽着大麻烟

再也不会穿过摩洛哥非斯的小巷，也不再去喝索科奇科的薄荷茶，不会去丹吉尔拜访保罗 B.

再也不会注视着日落或者日出时的斯芬克司静静立于清晨或是黄昏的沙漠

还有古代遗迹在战争中毁于一旦的贝鲁特，令人心碎的被轰炸过的巴比伦与乌尔老城，叙利亚冷酷的神秘与一切阿拉伯半岛和沙乌地的沙漠，还有也门欢歌笑语的人们，阿富汗祖祖辈辈种植鸦片的部落，遍布藏式庙宇的俾路支

再也看不到上海，再看不到敦煌的石窟

再也不会去爬东十二街的那三段楼梯了，

再也不会去文学气息浓厚的阿根廷，再也不会陪着格拉斯去圣保罗，不会再在面朝里约海滩与贫民小孩儿们的公寓里住上一个月，还有巴伊亚盛大的狂欢节

再没有巴厘岛的白日梦，爱德莱德的音乐节太远，那些新歌飘不到我耳朵里供我记忆

再也看不到雅加达新兴的贫民窟，神秘莫测的婆罗洲雨林与涂着油彩的男男女女

再没有什么日落大道，美尔罗斯大道，海滨公路上的奥兹国

老表亲丹尼·李根特，对于圣塔莫尼卡伊迪丝姨妈的记忆

再也没有和爱人们欢悦的夏日，在那洛巴和大家聊布莱克的时光，

思想中构造的口号，新现代美国诗学，威廉姆斯凯鲁亚克列兹尼科夫拉克西科尔索克里利奥尔洛夫斯基

再也不可能去犹太圣约之墓看看布巴，露丝姨妈，哈利·梅尔泽与克拉拉姨妈，爸爸路易斯

再也不可能去了，除非我也变成一罐骨灰

1997年3月30日，上午

后　记

这集子是对艾伦·金斯堡半个世纪诗坛耕耘的总结。艾伦与我们赤诚相见，最后领着读者见证了他的疾病与迟暮。但书中的诗韵仍然散发出灼灼的生命之光。在最后的五年，艾伦在一系列转变中经历着挣扎。媒体的聚光灯在这位垮掉派的开创者上产生了前所未有的热度。话筒不断伸向这位经历了战后五十年的半偶像半预言家，人们希望他总结这个世纪并预测下一个世纪。他的电话响个不停，话筒那边络绎不绝地问着从总统的政策到给孩子取名的问题。在生命的最后几年，他将自己一生的手稿在斯坦福大学找到了归宿。为此《纽约时报》数次刊文斥责他"变卖家产"。这辈子头一次，他给自己买到了一些舒适。七十岁那年，他离开了那间需要爬四层楼的廉租房，搬进了一所有电梯的公寓，却并未离开他深爱的曼哈顿下东区。艾伦随即投入了密歇根州安阿伯市"宝石之心"佛学院的怀抱，在那里精心修养，施以福报，他的老师葛列仁波切为他答疑开悟。尽管与病魔的斗争一直没有停止，他在离世前的一周才知道自己致命的疾病是哪一种。一首首的诗跟随他最后的脚步一同照亮了我们每个人的生命。

《新民主愿望清单》是《长岛日报》约的稿子。艾伦对一系列问题在朋友的范围内做了调查。这首诗曾被送到白宫并被礼貌地签收了。艾伦所患的糖尿病导致他从腰部以下感觉迟钝。一如"我们就这么围着桑树丛转圈"，艾伦将失禁的羞愧转换成对衰老和生命的庆祝。艾伦习惯在深夜和凌晨时用日记本写诗。他常常在黎明时写作，然后一直睡到近午。起床的步骤需要进行数个小时。在"星期二早晨"中，这个过程得到了很好的展示。艾伦习惯从他的日记中将诗歌收集起来，影印并送到办公室进行第一稿录入。彼得·霍尔（Peter Hale）承担了这个任务并将稿件尽快返还。艾伦用笔在上面做出批改后再送回。这种一来一往的修改曾达到十次之多。我们将每一版都保存在一个贴着其标题的文件袋里。比较频繁的改动来自艾伦参加完诗歌朗诵会后对于韵律的调整。艾伦·金斯堡是少数几个有机会利用大量的公开朗读活动改善他诗歌节奏的诗人。

其中一首非常美的歌词是《奇异恩典的新韵脚》。艾伦从不对任何无家可归者或乞丐视而不见。他的慷慨几乎成了缺点，他无法跨过任何一只向他伸过来的手而不留下硬币同时深情望着手后面的脸。艾伦过得很舒适，得益于他出了名的谦逊。当他走在曼哈顿下城，迎面而来的人们会点头或者随意问候："嘿！艾伦！"如果人们停下来回忆与艾伦上次的碰面或开始问问题时，他会很耐心地与他们交流。如果有人冲上来问："你是艾伦·金斯堡吗？"他或许会说："我不是，但他们都这么叫我。"艾伦对于他仰慕的或是亲密的作家总是十分支持。在《城市点亮城市》这首为费林格蒂小道的命名典礼写的诗中，艾伦实实在在改写着街道的名称，利用这个机会向他周围的杰出作家致敬。

《柔和的句子》是艾伦式的美国俳句（十七音节跨行延绵彼此关联的俳句触感，每行自成诗节）。这些句子的创作是为了配合他的朋友弗兰西斯科·科莱曼特（Francesco Clemente）的水彩画。艾伦的诗歌中有一种抚慰；在因果的细节中他用佛教的静观与自我冲动调和着世界观。他在歌谣的形式里玩耍，与保罗·麦卡特尼（Paul McCartney）、菲利普·格拉斯（Philip Glass）和莱尼·凯伊（Lenny Kaye）共同合作完成的《骷髅们的歌谣》最后以摇滚歌曲形式面世。贾思·范·桑特（Gus Van Sant）制作了音乐录影带。《你明白我什么意思吧？》里，艾伦探寻东部高地帕特森的回忆，点点滴滴。他曾记起儿时的歌谣("流行曲调")。有天阁楼里他踱着步子寻找一块不见了的围巾,边唱边找呼唤丢失的围巾,后来便有了《消逝消逝消逝》:这首关于失去的诗后来在送别艾伦的法会上朗读。

艾伦双脚不稳,步履维艰,他的肉身筋疲力竭。他不得不坐飞机往返于波士顿去面见心脏病医生。我第一次感觉到,他没有一个人坐飞机的力气。"艾伦,我和你一起去。"在一个二月的黄昏,我如此安慰他。他抗议,说并无此必要。我坚持,然后他便开开心心地妥协了。

我拎着我们两个人的行李。他拖着步子跟随。去拉瓜迪亚机场的出租车上,艾伦管我要他放书的包。出租车里很黑,只有飞驰而过的街灯一阵一阵的光流。出租车加速并线,我感到自己的胃提到了嗓子眼并卡在了那里。艾伦对我说:"听听这首,昨晚开始写的!"他哈哈大笑乐不可支。他翻着日记本找到了那首字迹潦草的诗。是这样开头的:

等我死了

我不在乎你们怎么处理我的肉身

把骨灰向着空中撒了,飘散到东河里

把瓮埋在新泽西的伊丽莎白,以色列圣约墓地。

不过,请给我一个盛大的葬礼

我希望这出租车之行能早早结束。我不是很想听这首诗,但越往后听越好玩。他将他无数的男朋友在他葬礼上的发言长长罗列,几近歇斯底里。他问我还有什么可以写的,我说可以加上一句,女人们会说:"他从没记住我叫什么。"

在机场巴士上,艾伦沉沉昏睡。我盯着他脸上起伏的沟壑,他似乎离我那么遥远。我一度认为他有可能死了。但是在我们下降的时候,他猛然醒来,抓起笔记本猛写了两分多钟,给我读了这首被编入《美国句子》中的一句:"我的父亲身患癌症，他慢慢垂下头，'唉，吾儿。'"

艾伦的健康状况不断恶化。诗写得极快以至于他自己都有点跟不上拍。波士顿那次旅行几个星期后，艾伦就住进了纽约的贝斯以色列医院。急诊室一个医生给他看自己写的诗，征询改进意见。艾伦欣然接受并为医生后来透露出"改后更有劲儿了"感到欣慰。在医院里，艾伦说想看《鹅妈妈》。我把我孩子那本拉克姆版本的给了他。《星光谣》将纯粹的美丽注入简单的韵律中。1997年3月末的诗反映出住院时一系列身体状况，以及他那由非正常家庭蹂躏被迫急速成长的纯真童年。

尽管我们无从得知他1997年3月24日的诗是否完成，我们仍然将它视作纯真得像个乖孩子的艾伦在晚期肝癌病情中的绝笔。《梦》解析了他和彼得·奥洛夫斯基绵延的情史，并把这种情绪保留到他在肝癌最后致命一击前写下的诗句里。艾伦得知癌细胞大面积转移后，在最后一周，他只写了一首诗。《以后再也不会做的事（乡愁）》是艾伦一生唯一没有机会修订并校对的诗歌。这诗是一场简短的告别，饱含坦率的遗憾，作为真正的佛教徒面向空门放手而去。离开这个世界对于艾伦来说是悲伤的，但同时他也有欣喜。

除了向一些朋友托付事情代行一些诺言外，他给克林顿总统写了最后一封政治信。开场白是"附上一些最近写的政治诗"，还未来得及挑选，艾伦便陷入了最后的昏迷中。在准备《死亡与名望》的过程中，彼得·霍尔、比尔·摩根（Bill Morgan）与我一起兑现艾伦关于年表与注释的坚持。我们将每一首艾伦塑造的诗歌依次编排到位。我们猜想还会发现一些短句，或再被修订、合并，如果他还活着。这便是诗歌的气息——世间再无艾伦·金斯堡。艾伦死后，许多人感觉生活被掏了个大洞。这个洞可被艾伦留下的一首首诗歌和作品不断填补。合上《死亡与名望》,我们感到这种系统坚不可破。

鲍勃·罗森塔尔
1998年7月7日

我们衷心感谢以下个人及其机构，没有他们的热情和无私奉献，就没有《金斯堡诗全集》中文译本的诞生：

感谢金斯堡基金会彼得·霍尔（Peter Hale）先生、美国哥伦比亚大学比较文学系尼古拉斯·达姆斯（Nicholas Dames）教授与迈克尔·高斯顿（Michael Golston）教授、《纽约时报》记者理查德·摩根（Richard Morgan）先生、美国驻上海总领事馆前副总领事舒克德（Simon Schuchat）先生、怀利版权代理公司卢克·英格拉姆（Luke Ingram）先生与杰弗里·波斯特尔纳克（Jeffrey Posternak）先生为翻译和出版工作所付出的时间与心血；

感谢伊丽莎白·帕尔默（Elspeth Palmer）女士、安东尼·马泽伊（Anthony Mazzei）与奥萝拉·马泽伊（Aurora Mazzei）夫妇、王一舸先生对译本提出的意见；

感谢作为译者助手的王欣和鲁天舒同学；感谢王沅女士、洪晃女士、杨思维女士、苗永姝女士、颜歌女士为译者小组所做的联络和协调工作；感谢张婷女士、朱砂先生、何生生先生、张诗浩先生、赵天佑先生、萧潇先生对译者小组的支持。

2017 年 10 月 10 日